MÉMOIRE

SUR

la situation des paysannes dans le Département de l'Aveyron
& dans celui du Tarn en Janvier **1853**, et les moyens de
l'améliorer,

par

Jn Bte ROUVELLAT DE CUSSAC,

Ancien Conseiller aux Cours Impériales de la Guadeloupe et de la Martinique,
ancien Maire de la commune de Cadix, canton de Valence d'Albigeois, Département du Tarn.

« L'amélioration des classes populaires et leur mora-
lisation se lient étroitement à l'amélioration des femmes; l'une ne sera possible qu'après que l'autre
» sera réalisée. »

(M. de Lamartine.)

ALBI

IMPRIMERIE LITHOGRAPHIQUE & AUTOGRAPHIQUE **CORBIÈRE**.
Rue du Timbal, 11.

AVANT-PROPOS

Celui qui flatte le peuple est son ennemi s'il le trompe;
il est son sot ami s'il se trompe.

Pour être utile au peuple, pour dire ce qu'il lui faudrait, et ce qu'il serait
possible de faire afin de le soulager, il est indispensable de ne rien ignorer de
ses besoins et de ses ressources. Mais une nation n'est pas un régiment,
il ne suffit pas d'une revue et d'un ordre donné à des fournisseurs pour savoir
ce qui lui manque, et pour le lui procurer. Composée d'éléments divers, chacun
de ces éléments doit être l'objet d'un examen particulier, d'une étude appro-
fondie relative à ses besoins et à ses ressources.

La connaissance du peuple des villes peut être familière au citadin;
celle du peuple des campagnes peut l'être à l'homme des champs; mais il
me semble difficile que le même observateur puisse juger de l'un et de l'autre
également bien. La population des villages et des hameaux doit être obser-
vée où elle est; il y a des points sur lesquels le travailleur de terre diffère essentiel-
lement de l'ouvrier des villes. C'est pour les avoir confondus que des orateurs et des
écrivains se sont jetés dans de grandes et de ridicules méprises. On eût dit à les
entendre que le peuple français ne se composait que de gens de plume, d'artistes
et d'imprimeurs; et qu'eux-mêmes n'avaient vu des bergers et des paysans qu'à
l'opéra comique. Avec de pareilles données que pouvaient-ils proposer de raison-
nable, d'utile et de bon, pour le soulagement de ce peuple aux intérêts duquel
ils se montraient si dévoués? S'ils l'avaient connu tel qu'il est dans nos campagnes, il est fort probable que l'idée chimérique de vouloir que tout se fît par lui
ne leur serait jamais venue. Un pareil système est trop en opposition avec les
passions humaines, l'expérience en a trop bien démontré l'absurdité, pour croire
qu'il puisse se réaliser en aucun lieu et en aucun temps. On a souvent répé-
té avec beaucoup de raison que les masses peuvent démolir, détruire, mais
qu'il leur est impossible d'édifier, d'organiser, et qu'elles n'ont jamais construit que la tour de Babel.

C'est ce que nos populations ont fort bien compris en décembre 1851,
au moment où la tempête allait éclater, elles ont saisi avec empressement
la planche de salut sur laquelle nous sommes arrivés à l'arche qui nous a
sauvés du naufrage.

Vous qui prétendez être les vrais, les seuls amis du peuple, s'il vous eut été mieux connu auriez-vous eu recours pour le soulager à de dangereux expédients qui ne pouvaient remplir votre attente ni la sienne? Dans des temps orageux l'auriez-vous informé d'avance de tout ce et à quoi vous pensiez qu'il pouvait prétendre? Lui auriez-vous montré le but, quand il est dans sa nature de vouloir l'atteindre tout de suite, et que son extrême impatience ne lui a jamais permis de tenir compte des distances et des difficultés du chemin? Ne saviez-vous pas qu'une pareille préoccupation de sa part n'a jamais fait qu'empirer son mal présent, causer des embarras inextricables, et compromettre son avenir.

On croira difficilement un jour qu'il y ait eu des hommes qui dans l'ardeur d'améliorer son sort aient été assez peu clairvoyants, assez téméraires pour vouloir renverser l'édifice social, sans bien connaître avec quels éléments ils auraient à le reconstruire. Si ces démophiles excessifs avaient vécu au milieu de la population agricole de quelques uns de nos départements, il est à croire qu'ils n'auraient pas cherché à troubler son repos par des abstractions impossibles à réaliser, par des promesses vaines et mensongères, qui s'en vont en fumée, et ne laissent que la discorde et le trouble, la ruine et la misère; il est fort probable que ces ultra-démocrates n'auraient pas voulu appeler nos paysans à légiférer et à gouverner l'état.

Je tenterai dans cet écrit de jeter quelque lumière sur la population de nos campagnes, et les yeux les moins clairvoyants ne pourront se dissimuler à quel point on s'est mépris à son égard. C'est à nos paysannes que je l'ai consacré particulièrement; j'ai cherché à y peindre leur situation actuelle. Cette étude était un moyen assuré de mieux connaître les hommes, de juger plus sainement du degré de leur civilisation, et de mieux apprécier leurs mœurs et leur caractère. Comment d'ailleurs isoler l'épouse de son mari, le frère de la sœur, la mère de ses enfants? J'ai dû ainsi parler de nos paysans personnages essentiels du tableau dont je vais offrir l'esquisse.

Exposer sur leur compte la vérité sans déguisement sera, ce me semble, indiquer d'heureux changements auxquels ils doivent aspirer; ce sera provoquer en leur faveur certaines améliorations dont la France se couvre, et qui cependant ne paraissent pas encore exister pour les pays pauvres et isolés.

L'état actuel des femmes de nos cultivateurs peut présenter d'autant plus d'intérêt qu'il est exceptionnel dans ce sens qu'il ne ressemble nullement à celui des femmes des villes, et qu'il est peut-être encore ignoré de la plupart des hommes les mieux intentionnés, mais qui ne sont jamais venus dans nos hameaux où n'aboutissent ni wagons, ni bateaux à vapeur, ni diligences.

Avant de parler de nos paysannes, jeter un coup d'œil sur le pays, sur les mœurs et le caractère de sa population masculine, me parait un indispensable préliminaire. Ce que je dirai de la commune que j'habite, de celles qui l'avoisinent, et de leur population, peut être appliqué à tous les pays de France qui sont comme le nôtre peu fertiles, sans industrie, éloignés des grandes villes et des grandes voies de communication, dont presque tous les habitants sont pauvres, cultivent la terre, et se nourrissent des produits de leur sol.

CHAPITRE 1er.

Coup d'œil sur le pays et sur le caractère de ses habitants.

À ce que je viens de dire de nos contrées j'ajoute que le travail de la terre y est pénible et difficile, et que les genres de culture y sont fort variés et fort en opposition.

((La différence des sols et des expositions y est telle que, pour rendre partout)) ((la récolte uniformément bonne, il faudrait à chaque champ ses vents,)) ((ses pluies et son soleil.))

Presque tous les habitants y sont propriétaires d'une maison, d'un jardin et d'un lopin de terre avec des arbres fruitiers sur leurs bords. Un grand nombre possèdent aussi un terrain planté de châtaigniers. Tous ont des poules et des pourceaux, beaucoup nourrissent des brebis, une ou deux chèvres, quelques uns s'aident du travail d'un ou deux ânes. Les propriétaires d'un pré ont une ou plusieurs vaches. Ceux qui recueillent assez de foin ont plusieurs paires de ces animaux avec des bœufs. Les plus gros ténanciers sont qualifiés dans le pays de pagès, ce qui se traduit ici par bon-paysan.

Dans nos hameaux la plupart des maisons habitées par des prolétaires ou par de petits propriétaires sont peu spacieuses et mal disposées, l'intérieur en est souvent sombre et presque toujours dégoûtant de malpropreté.

Les moins pauvres sont ordinairement les moins mal logés. Si vous apercevez des fenêtres vitrées, ce sera la maison de quelque bon-paysan ou celle de l'un de ces petits propriétaires qui joignent à la culture de leur bien l'exercice d'un métier ou d'une petite industrie.

Il n'y a guère en France de pays plus arriéré que nos campagnes pour tout ce qui tient à la salubrité et à l'hygiène. Elles ne le sont pas moins en tout ce qui touche l'économie du temps, et de la peine, et aux moyens d'ajouter à son bien-être et à ses profits sans plus de dépense. Chez nos paysans ce sont mêmes cultures, mêmes procédés et mêmes instruments qu'au siècle dernier; l'agriculture n'y a pas fait un pas, ou ce qu'ils ont acquis en ce genre est fort peu de chose. La manière dont un grand nombre d'entr'eux aménagent ou cultivent leurs terres pourrait faire douter de leur intelligence. Si ces aménagements et cette culture étaient mieux conçus, les produits de leur sol quoique ingrat suffiraient à leurs besoins; si toutefois la paresse, le cabaret et les discussions judiciaires ne venaient amoindrir ou dilapider ce qu'ils en retireraient. Ces vices réduisent beaucoup de nos cultivateurs à la misère, quand avec une meilleure conduite ils parviendraient aisément à s'y soustraire.

La nourriture de nos villageois est comme il y a soixante ans, le seigle, les pommes de terre, les châtaignes et les légumes ou les racines qu'ils recueillent. Quand ils font fête, ils se régalent avec du petit salé, des œufs, ou du porc frais; dans les solennités ils se servent la poule au pot et du veau. Dans ces cas assez rares, qui d'ailleurs n'ont lieu que chez les bons-paysans, ils restent longtemps à table, ils font de copieuses libations. On ne voit guère la maîtresse ni les filles de la maison s'asseoir avec les convives; le mari fait seul les honneurs. Ces repas ne se donnent que lors de la célébration d'un mariage, ou lorsque le fils de l'un de nos paysans parvenu au sacerdoce dit sa première messe dans l'église même où il fut baptisé. Quand vient la fête patronale de l'endroit ils traitent aussi leurs parents et leurs amis étrangers à leur paroisse, mais avec moins de profusion.

Depuis soixante ans nos villageois ont fait quelques progrès relatifs au matériel de la vie; ce progrès se révèle surtout à leur chaussure à leurs vêtements et au logement de quelques uns d'entr'eux. Les jours de dimanche, les sabots font place aux souliers, et la plupart des femmes portent des bas. Ils s'habillent d'étoffes moins grossières et mieux confectionnées. Le bas prix de certaines qualités de draps qui n'exclut pas la solidité de leur tissu, permet à nos cultivateurs de s'en faire leur veste et leur pantalon des dimanches; jour où les femmes laissent aussi leur camisole et leur jupon de sarguine, pour la robe de toile des indes aux sombres ou vives couleurs, selon l'âge de celle qui s'en est parée.

La forme de l'habillement des hommes tend à se rapprocher du costume de l'ouvrier des villes. Celui des femmes et des jeunes filles s'est perfectionné dans le même rapport. Si nos jeunes gens portent leurs cheveux coupés et des chapeaux d'un feutre plus fin, nos paysannes endimanchées se parent de bonnets blancs bordés d'une bande de linon ou de mousseline plissée; cette coiffure est quelquefois surmontée d'un chapeau de paille blanc ou noir, orné d'un ruban.

Les jours de dimanche et de fête et dans nos foires, à la vue de nos jeunes gens des deux sexes, on est convaincu d'une heureuse amélioration dans leurs vêtements, autant pour l'agrément que sous les rapports hygiéniques. Mais les personnes d'un certain âge disposées à profiter du perfectionnement et du meilleur marché des étoffes, n'aiment point à changer la forme de leurs habits toujours la même depuis cinquante ans; cependant le tricorne est entièrement disparu de leur tête; et leur bonnet de laine ne la couvre plus que pendant la nuit.

Si les maisons nouvellement construites ne le sont pas plus solidement que les anciennes, elles sont plus spacieuses, mieux éclairées, plus commodes, leur ameublement est moins rare et moins chétif qu'il ne l'était.

Quant au développement de l'intelligence, il est incontestable qu'il n'y ait progrès; mais les effets ne sont pas tels que l'on devrait le désirer. Un plus grand nombre de nos paysans savent lire et un peu écrire; ils ont aujourd'hui beaucoup d'idées qui leur étaient étrangères. L'esprit de certains d'entre eux peut avoir acquis plus de portée, mais leurs nouvelles idées sont peu nettes; il s'y met souvent une confusion qui donne lieu de leur part aux plus fausses applications de certains principes, et ces erreurs sont chez eux la source de préjugés antisociaux, qui les portent à se méfier de ceux-là même en qui ils devraient avoir le plus de confiance, à envier ce qu'ils ne peuvent atteindre, et à détester ceux qu'ils ne peuvent égaler.

Ce qu'ils ont appris est mal conçu, mal digéré. Demandez-leur ce qu'ils entendent par liberté, surtout par égalité: les plus savans vous répondront des extravagances. Ces grands mots ont causé dans leur tête une fermentation qui trouble le repos de leur esprit, les détourne, les dégoûte de leur travail habituel, leur fait prendre en haine leur état, lorsqu'ils pourraient y trouver sous la condition de ce travail tout ce que réellement il leur faut. C'est de leur part une aberration que leur demi-savoir explique, car ils ont aperçu, entrevu sans voir. Ils ne veulent pas concevoir que dans ce monde tous ne peuvent avoir la même position; que celle où ils sont nés, où ils se trouvent ne peut être changée subitement; mais qu'ils possèdent les moyens de la rendre meilleure peu à peu par leur intelligence, par une laborieuse activité, et par une sage économie. Mais ce n'est pas là ce qu'ils entendent. À la vue des riches ou de ceux qui jouissent d'un bien-être dont ils se font des idées ridicules, au seul aspect d'un habit de drap plus fin que celui qu'ils portent et d'une forme différente leur tête s'exalte, leur cœur n'accessible à la cupidité s'irrite, et s'ouvre à toutes les passions haineuses.

S'il est des circonstances particulières où le caractère des individus se décèle, il est aussi des événements qui mettent à nu celui des populations entières ; c'est l'effet de toute révolution. Nos paysans appelés en 1830 à donner leur suffrage, s'en enorgueillirent outre mesure. Les journées de 1848 et tout ce qui s'en suivit échauffèrent leurs cerveaux qui continuèrent à fermenter sous de secrètes excitations. Dans nos campagnes l'effervescence était telle en 1851 qu'il eût suffi d'une étincelle pour causer une explosion.

On avait fait retentir si souvent le mot égalité à l'oreille de nos paysans en leur annonçant des destinées nouvelles, qu'il n'est pas étonnant que beaucoup d'entr'eux aient cru qu'ils allaient, non devenir riches, mais l'être tout d'un coup, et qu'ils allaient non seulement se partager les biens des gros propriétaires, mais s'y installer à leur place. J'en sais qui avaient déjà jeté leur dévolu sur des propriétés à leur convenance dont ils croyaient pouvoir bientôt s'emparer.

Un certain nombre de nos jeunes villageois qui vont tous les ans travailler pendant quelques mois dans le bas Languedoc en rapportaient les idées les plus subversives. On les entendait déblatérer contre ceux qu'ils appelaient les riches, lancer contre eux dans un grossier langage d'odieux sarcasmes, et dire : ils ont fait bonne chère assez longtemps, notre tour va venir. L'un d'eux eut l'audace de proférer cette jactance : Dans trois mois je serai propriétaire, dans trois mois je serai riche de vingt mille francs. Il répondait à ceux qui lui manifestaient des doutes Vous verrez....... Dans trois mois, vous verrez....... C'est le 28 Novembre 1851 qu'un prolétaire d'une force athlétique s'exprimait ainsi dans l'un des chétifs hameaux de la commune de Cadix.

On peut juger s'il était temps que le 2 Décembre vînt nous rassurer. Ces propos, de pareilles espérances si clairement annoncées, glaçaient d'effroi tous les habitants honnêtes de la contrée, et je laisse à penser l'ardeur avec laquelle leurs vœux devançaient le coup d'état qui a mis fin à leurs cruelles transes ; aussi est-ce avec ferveur qu'ils en ont remercié le ciel.

Cet événement si vivement souhaité ne détruisit pas d'abord tout l'espoir des hommes pervers ; une sorte d'agitation sourde continua de régner dans nos hameaux pendant quelque temps, et peut-être y trouverait-on encore des gens qui dans le fonds de leur âme osent nourrir la coupable espérance du retour d'une anarchie qui leur promettait la liberté et l'égalité selon qu'ils les entendent, c'est-à-dire la licence et le pillage.

Parmi nos villageois il en est beaucoup de timides, d'insolents par caractère,

paisibles à moins qu'on ne les excite, et qui ne sont malfaisants qu'autant qu'on les
pousse à le devenir. Il en est d'autres qui sont audacieux, turbulents, et d'autant
plus à craindre que presque toujours ils n'ont que fort peu à hasarder ou
même rien à perdre. Parmi ces derniers sont les meneurs qui par leur impu-
dence et leur adresse savent se faire des prosélytes et des partisans chez les
hommes faibles et ignorants, et réussissent surtout à s'attacher ces individus
toujours prêts à favoriser un Désordre dont ils espèrent profiter.

Nous avons de ces meneurs dans chaque commune, souvent dans chaque
village. Ce sont des espèces de docteurs; ils savent lire et un peu écrire. Au
cabaret après quelque longue station, on les entend parfois chercher à franci-
ser leur idiome. Il est à remarquer que lorsque nos paysans parlent français c'est toujours chez eux la preuve de quelque sur excitation.

Naguère ces meneurs péroraient dans les cabarets ou au milieu des groupes qui
se formaient sur la place au sortir de la messe de paroisse. Avant de montrer
leur éloquence ces orateurs avaient été presque toujours s'inspirer au chef-lieu
de leur canton. C'est là que se trouve presque toujours un homme en qui nos
paysans ont la plus grande confiance, une confiance qu'on peut dire exclu-
sive, qui rend cet homme le plus influent de la contrée : la majorité des
votes semble lui être inféodée dans toutes les circonstances, aussi y dispose-t-il
à son gré de toutes les places dont la nomination est laissée au suffrage
universel.

C'est sans doute un grand malheur que cette funeste influence exercée par
une sorte de gens sur notre population agricole qu'ils ne cessent de sucer
et de tromper; mais c'est là un de ces maux inhérents à la faiblesse humaine,
surtout à l'état moral de nos paysans et à la position physique de leur pays.
Le moyen de paralyser l'action incessante de ces vampires sur nos imbéciles
villageois me semble aussi difficile à trouver que l'absolu, à moins que
celui qui peut tout ne vienne à s'en mêler.

Nos cultivateurs ont aujourd'hui des besoins qui leur étaient inconnus,
et surtout des idées qu'ils ignoraient. Cependant leur ardeur à labourer
ou piocher leurs champs est diminuée, on le dirait, proportionnellement
à leurs acquisitions intellectuelles. Ils sont plus paresseux depuis que leur
activité naturelle s'échappe en idées vagues et en vains projets. Sans
doute leurs facultés morales se sont accrues ou dévelopées, mais leur moralité
s'est amoindrie dans la même proportion; sous ce rapport il y a app au-
vrissement, je dirai même dégradation. Tout aussi ignorants de ce qu'il
leur faudrait savoir, tout aussi superstitieux qu'ils l'étaient il y a soixante
ans, ils ont moins de probité, ils sont moins honnêtes gens qu'ils ne l'étaient

à la fin du dernier siècle. Ce n'est pas là une assertion hasardée.

Pour en être convaincu il suffit de se rappeler ce qui eut lieu dans nos campagnes au sujet des remboursements en assignats. Il y a fort peu de nos paysans que cette monnaie ait rendus plus riches. Lorsque sa valeur allait décroissant, beaucoup d'entr'eux se laissèrent tenter par la facilité de payer leurs dettes et de racheter les rentes dont leur bien était grevé avec un papier dont la dépréciation était progressive et qu'ils se procuraient aisément. Le plus grand nombre de ceux qui avaient cédé à une tentation si séduisante ne tardèrent pas à éprouver au fond de leur conscience un malaise qui finit par les porter à indemniser leurs anciens créanciers avec lesquels ils s'étaient libérés avec des valeurs réellement moindres que le montant de leurs obligations. Beaucoup d'entr'eux qui étaient en retard à faire cette loyale restitution, arrivés à leur dernière heure, prescrivirent à leurs héritiers ou successeurs d'avoir à réparer l'injustice qu'ils avaient commise.

Telle est la conduite qu'ont tenu à la fin du dernier siècle des hommes dont la génération est presque éteinte. Leurs syndéries n'atteindraient pas leurs successeurs, peu de fils ont applaudi à cet acte de justice; j'en ai entendu plusieurs se plaindre de ce qu'ils appelaient la trop bonne conscience de leur père, et manifester de vifs regrets de ce que l'auteur de leurs jours leur avait imposé une restitution dont la loi, disaient-ils, les avait dispensés.

Beaucoup de nos paysans sont sujets à l'ivrognerie; si ce vice ne s'est point accru dans nos villages on l'y trouve ce qu'il était, il y a environ cinquante ans. Les contestations judiciaires s'y multiplient à mesure du morcellement de la propriété foncière. Le demi savoir et surtout l'avarice concourent à les faire naître, à les soutenir, à les prolonger. Lorsque nos villageois prennent conseil dans le pays, pour la défense de leurs intérêts, qu'ils aient à interpeller ou à répondre en justice, ordinairement c'est d'abord à un fripon qu'ils s'adressent. En toute circonstance où il s'agit de donner leur confiance, presque toujours, ils choisissent l'homme capable de les tromper et prêt à saisir l'occasion de les exploiter. Ils le savent, mais une certaine sympathie, une sorte de fascination les entraînent vers les gens de cette espèce; on dirait qu'ils aiment à se coller aux éponges qui s'imbibent de leurs sueurs, ou qu'ils sont comme le mouton imbécile qui va de préférence chercher sa pâture près des buissons où il laisse toujours de sa laine.

Le moindre appât offert à leur avarice, les fait tomber dans le piège. Ils tiennent beaucoup à leur propriété territoriale et songent bien plus à l'allonger ou à l'élargir au dépens de celle du voisin qu'à la bien cultiver.

Les unions illégitimes si fréquentes dans les villes sont presque inconnues dans nos campagnes. Si quelqu'une se montrait trop à découvert dans nos bourgs ou gros villages elle pourrait donner lieu à un soulèvement de bonnes femmes, et même à des voies de fait d'une certaine gravité. C'est ce que j'ai vu plusieurs fois.

La nécessité du travail quotidien rend nos paysans peu enclins au libertinage. L'avarice sans l'exclure la rend plus rare. Là où l'intérêt d'argent prédomine toutes les pensées, il reste peu de place pour toute autre passion. Il n'y a chez les villageois aucune affection, aucun sentiment qui puisse contrebalancer l'amour de l'argent. S'ils parviennent à entasser quelques écus, c'est presque toujours pour acquérir un champ à leur convenance surtout un pré. Leur ambition sur ce point est souvent imprudente; pour vouloir trop s'étendre ils se ruinent, et l'on voit beaucoup de ces hommes avides expropriés judiciairement de tous leurs biens pour s'être endettés afin de l'accroître. Noblesse de sentiment, générosité sont des idées hors de leur portée, ils ne peuvent les comprendre; contre leurs intérêts, ils n'obéissent qu'à la nécessité.

Les crimes de la nature la plus grave se commettent rarement dans nos contrées; nous avons cependant vu dans ma commune un cultivateur empoisonner sa femme pour s'emparer de sa dot, et un jeune réfractaire se rendre coupable de meurtre sur le gendarme qui s'avançait pour l'arrêter. Ces crimes remontent à douze ou quinze ans, et les malheureux qui les commirent n'ont point échappé à la sévérité des lois. De mémoire d'homme on n'avait vu dans nos environs de viol ou d'attentat à la pudeur commis avec violence, lorsqu'au mois de mars 1850, la cour d'assises du département du Tarn eut à punir ce crime dont une commune voisine avait été le théâtre. Les vols restent ordinairement impoursuivis s'il s'agit d'objets de peu de valeur; dans ce cas l'autorité judiciaire en est rarement informée.

Les petits propriétaires et les prolétaires sont dans nos pays fort enclins au maraudage. Les vols de bois, de pommes de terre et de fruits sont fort fréquents; ils sont commis le plus souvent par des fainéants, et quelquefois par des personnes que la cupidité excite plutôt que la nécessité ou le besoin.

Depuis cinquante ans les mœurs de nos cultivateurs ne se sont guère adoucies qu'à la vue des gendarmes, ou par la crainte de la justice répressive qui plus rapprochée et bien plus prompte qu'elle ne l'était jadis, leur paraît beaucoup plus redoutable. La jeunesse de nos montagnes

doit à cette crainte salutaire de ne plus se livrer à ces joutes meur-
trières qui ensanglantaient autrefois si fréquemment nos foires
et nos fêtes patronales ; elle est aujourd'hui assez pacifique, alors
même que le vin est bon marché.

La nouvelle génération moins laborieuse que celle qui l'a précédée,
est aussi moins polie, plus exigeante. On a beaucoup parlé
du droit au travail, énigme dont le sens m'a toujours
paru très obscur, et le mot introuvable. J'aurais fort voulu
que ceux qui prétendent l'expliquer missent à ma portée le
point de leur doctrine concernant les rapports réciproques des
propriétaires avec les travailleurs de terre, qu'ils me fissent connaître les droits des premiers au travail des seconds, travail dont
le salaire fût toujours assuré par les lois ; enfin j'aurais désiré
qu'ils voulussent bien me dire ce que dans leur système, il
y aurait à faire, lorsque dans nos campagnes au moment
le plus pressé de la saison, le travailleur viendrait à refuser
ses bras, ou à ne vouloir les accorder qu'à des conditions trop
onéreuses. La position du propriétaire forcé d'y recourir
dans ces cas et de céder à d'injustes exigences me semblerait
assez à plaindre.

Si dans les villes les ouvriers sont quelquefois à la discrétion
des fabricants et des entrepreneurs, dans nos campagnes ce sont
les tenanciers qui dépendent des travailleurs toujours disposés
à exploiter sans pitié quiconque fait lui-même exploiter
ses terres par des mercenaires.

Le sieur R... faisait lui-même piocher ses vignes dans
le mois de mai 1850. La saison était déjà avancée, le
vent du sud faisait craindre la pluie, ce propriétaire avait
à son service vingt travailleurs engagés avec lui pour
toute la semaine, il nourrissait bien son monde
et n'épargnait pas son vin. Le lundi tout alla bien
et chacun paraissait satisfait ; le mardi matin Antoine
l'un des piocheurs se retarda ; Mr R... lui en fit l'observation
avec douceur. Antoine ne chercha pas à s'excuser, et de
retour avec ses compagnons il affecta de manier la pioche avec
plus de lenteur. L'un d'eux lui en fit l'observation, il répondit :
« Mr R... nous paie exactement, l'ordinaire et le vin sont passables,
pourquoi se presser ? mieux vaut faire que cela dure ; et voilà

que nos vingt piocheurs se ralentissent.

À dîner ils affectent de rester plus longtemps à table. Ils se lèvent en faisant assaut de quolibets contre les messieurs et les redingots de drap fin qu'ils appellent des Lévites ils se mettent ensuite à jouer en se lançant des mottes. Enfin ils reprirent leur outil avec dégoût, et ne firent plus qu'effleurer la terre.

Le maître informé de ce qui se passait fit appeler le harangueur qui s'en fut au lieu d'obéir. Le maître se rend aussitôt à sa vigne, adresse quelques reproches à ses travailleurs. Ceux-ci pour toute réponse lui déclarent que s'il n'augmente leur salaire de dix centimes par jour ils vont tous s'en aller. M. R... forcé de souscrire à cette exigence perdit ainsi de quinze à vingt francs qu'il lui fallut donner à ses piocheurs au dessus du prix convenu, et de plus une partie de leur travail fut à refaire. C'était d'autant plus fâcheux que le vin a été pendant plusieurs années à vil prix dans notre pays, et que notre propriétaire retirait à peine de ses vignes de quoi les faire cultiver.

Le travail de la terre est à bas prix dans nos campagnes; le peu de valeur des denrées et des bestiaux s'oppose à ce qu'il y soit mieux rétribué; mais le journalier nourri par celui qui l'emploie, a pour lui le montant de sa journée quitte. Le prix de celles de l'ouvrier des villes peut être le double, le triple même sans lui être plus profitable; sa nourriture, son habillement et son loyer lui coûtent beaucoup plus cher qu'à la campagne; et tout ce qu'il y peut gagner est souvent insuffisant pour subvenir à ses dépenses indispensables.

Il y a cinquante ans et plus, nos travailleurs étaient moins exigeants sans être plus malheureux, et leurs mœurs n'étaient pas plus grossières qu'au temps où nous vivons. Sur ce point nous devons excepter ceux de nos jeunes gens qui reviennent de l'armée; on les distingue par leurs habitudes de propreté et d'ordre, et par un langage plus poli; on remarque aussi chez eux plus de moralité. Mais en perdant l'habitude du travail de la terre ils semblent en avoir aussi perdu le goût; ils ne s'y remettent que peu à peu, et l'on ne retrouve plus guère chez eux la même ardeur à tourner et retourner leur champ.

Les bonnes qualités que nos jeunes soldats acquièrent sous les drapeaux produisent un excellent effet dans nos campagnes, sans cependant arrêter la rétrogradation morale qui s'y manifeste, la raison et le bon sens y perdent tous les jours en étendue et en intensité. Les hommes labori-

(1) Depuis que ces lignes sont écrites, le prix des denrées et des bestiaux s'est fort accru.

...eux, consciencieux deviennent dans nos pays de jour en jour plus rares; la vieille bonhomie, l'ancienne bonne foi, semblent s'en être éclipsées.

Beaucoup plus de nos paysans savent lire et signer leur nom, mais ils sont restés fort ignorants de ce qu'ils devraient savoir, et ils sont bien plus présomptueux qu'ils ne l'étaient. Une hardiesse voisine de l'effronterie remplace aujourd'hui la timidité villageoise. Nos jeunes campagnards ignorent ce que c'est que la subordination et le respect. Au sortir de l'enfance ils croient à leur indépendance absolue, c'est-à-dire n'être tenus à aucun devoir.

Écoutez-les parler aux auteurs de leurs jours, et voyez comme ils les traitent quand ils n'en attendent plus rien; observez leur attitude auprès de ceux à qui ils doivent du respect et de la reconnaissance, ou seulement de la déférence ou des égards; vous serez bientôt convaincu des écarts de leur esprit, de leur défaut de jugement et du vice de leur cœur. Vous ne trouverez chez eux ni justice ni bonté, mais le plus étroit égoisme. L'esprit et le cœur ne produisent que ce qu'on y a semé.

On a tant parlé de Liberté à nos paysans, qu'ils se croient tout permis. On a tant fait sonner le mot Égalité à leurs oreilles, qu'ils ne conçoivent plus la différence ou la distance que l'éducation et la fortune peuvent mettre entre les membres de la même société civile. Aussi ne respecteraient-ils plus personne, si chez eux le respect pouvait être autre chose que la crainte. Ils tremblent devant leur créancier si, nonobstant toute chicane de leur part, il peut les contraindre à le payer; ils craignent quiconque est en position de le devenir; ils redoutent tout homme dont les fonctions ou le ministère leur sont indispensables ou peuvent les atteindre.

Nos villageois sont fort peu prévoyants, et leur insouciance, leur apathie sont telles qu'un Maire zélé qui avait obtenu pour sa commune l'établissement d'un bureau de bienfaisance ne put le maintenir une année entière faute de pouvoir en réunir les membres en nombre suffisant. Ce qui peut avoir de l'influence sur l'avenir de leur pays, de leur famille ne les touche pas du tout. L'intérêt public est pour eux un être de raison; quant à leur intérêt personnel qui leur est si cher, ils ne le comprennent que dans les limites les plus rétrécies. D'abord ils s'inquiètent fort peu de l'éducation de leurs enfants; ma commune souffre et paie depuis près de vingt ans un instituteur qui n'a jamais appris à écrire lisiblement, ni même à lire couramment à aucun de ses élèves.

Même insouciance relativement aux voies de communication les plus indispensables. Leur indifférence relative à des objets si essentiels révèle un reste de vieux levain d'ignorance et de barbarie, dénote une sorte de stupidité qu'on ne devrait pas retrouver dans une commune française. Nos paysans sont des mineurs trop tôt émancipés, encore incapables d'administrer leurs affaires par eux-mêmes, et qui ne peuvent se passer de curateur.

Nos villageois se font encore remarquer par d'autres points non moins fâcheux. Ils sont religieux mais tout est extérieur; scrupuleusement attachés au culte public, leur conduite ne s'en ressent point. On dirait qu'ils ne croient en Dieu qu'à l'église, et à certaines heures, et qu'ils pensent pouvoir gagner le paradis par des formalités. La religion rassure leur conscience sans toucher leur cœur, et encore y a-t-il souvent chez certains d'entre eux plus d'hypocrisie que de sincérité. Pour tout dire et peindre nos paysans en quelques mots, il semble que l'extrême rusticité et l'égoïsme le plus indisciplinable, l'ignorance la plus grossière, la dissimulation, je dois même dire presque un défaut de sens moral, concourent à former leur caractère.

À ces traits ajoutez les effets de l'éloignement des villes, le défaut de rapports avec les pays où la civilisation a progressé, joignez-y enfin la privation de toute industrie, et le dénûment des choses les plus nécessaires, et vous pourrez vous faire une idée assez juste du genre de bonheur que leurs compagnes sont appelées à goûter auprès de leurs maris.

CHAPITRE 2.

Travail journalier auquel les paysannes sont astreintes dans le Département du Tarn et de l'Aveyron: observations sur leur Caractère.

La conduite d'un homme envers les êtres qui lui sont sujets, est une vraie mesure de la moralité de son caractère, c'est une règle certaine pour connaître ses principes et ses mœurs.

Les historiens, les voyageurs, les publicistes, sont tous d'accord sur ce point qu'on peut juger du dégré de barbarie et des progrès de la civilisation d'un peuple par le traitement qu'il fait aux femmes. Chez la plupart des peuplades sauvages et des nations encore barbares elles sont traitées presque à l'instar des bêtes de somme ; et chez les peuples civilisés les hommes de la classe la plus infime en agissent avec elles sans égard, avec dureté, souvent brutalement et vont même jusqu'à les battre.

Les villageois du Rouergue ou de l'Albigeois ne sont ni des Iroquois ni des Albanais, je crois les avoir peints tels qu'ils sont ; la position de leurs femmes pourra encore faire mieux juger de la part qu'ils ont prise aux progrès des lumières et de la civilisation, et de ce qui peut rester dans leurs mœurs actuelles de leur ancienne et âpre rusticité.

Dans nos campagnes le sexe est obligé de travailler la terre, aussi s'en ressent-il. Les femmes y sont en général désagréables ; le hâle, la sueur, leur attitude habituellement courbée, altèrent leurs traits et leurs formes. A dix-huit ans les filles ont la peau tannée, leurs appas flétris, leurs mains calleuses. Condamnées à la fatigue et aux travaux les plus rudes, elles se voient privées de leurs agréments et de leur jeunesse.

Le mariage au lieu d'être l'époque de leur liberté est celle d'une servitude plus dure. Pour tout dire, elles n'ont pas les biens de leur sexe, elles ont les maux de tous les deux. (1)

Une jeune fille se marie-t-elle, c'est d'abord sur elle que reposeront, avec le soin de ses enfants, tous les travaux du ménage dont voici à peu près le détail :

Nos paysannes apprêtent elles-mêmes le repas de la famille, criblent le blé pour l'envoyer au moulin, et pétrissent le pain. Elles doivent préparer le boire et la pâtée pour les porcs, soigner les femelles des animaux qui ont mis bas, ainsi que leurs petits. Elles lavent le linge, le cousent et le raccommodent ; elles font leurs jupons ceux de leurs filles, leurs vêtements pour elles et pour leurs enfants selon

(1) Voyez la description du département de l'Aveyron par Amans-Alexis Monteil professeur d'histoire à l'école Centrale du département de l'Aveyron imprimée à Rodez chez Carrère. Tome 1er page 43. 44. et 45.

leur savoir et leur habileté en ce genre, et rapellent les vieilles bardes. Elles préparent le fil et la laine qui doivent tous les ans servir à fabriquer la toile, les étoffes ou les grossiers tissus nécessaires pour l'habillement de toute la famille et des mercenaires de sa maison; car dans nos campagnes le vêtement des domestiques qui se louent à l'année fait partie de leur salaire.

Tel est en grande partie le travail de la paysanne dans l'intérieur de sa maison, mais il lui reste encore bien d'autres choses à faire. Elle prend la plus grande part à la culture du jardin où elle fait elle-même la plupart des semis, et transplante les légumes qui doivent l'être. Elle recueille et fait sécher les graines pour l'année suivante. Elle arrache le lin et le chanvre, en sépare la graine, les fait rouir et leur fait subir les opérations qui précèdent le filage. Si le temps presse, elle court aux champs partager avec les hommes les travaux les plus pénibles. Dans la saison elle va dans les prés, le râteau ou la fourche à la main, aider à faire sécher les foins; et à l'aire aider à ramasser les pailles, à vanner et serrer les graines. Elle trouve encore toujours le temps d'allaiter son nouveau-né, d'élever des volailles et de filer. Dans les longues soirées de l'hiver elle ne quitte pas sa quenouille, et c'est toujours de son fuseau qu'arrive la plus grande partie du fil qui sert à tisser ou à ourdir et à coudre la toile et la sanguine qui se consomment annuellement dans sa maison.

Quelqu'un y devient-il malade, c'est encore sur elle que retombent les soins à lui donner.

La vigilance, la prévoyance, l'activité, lui sont également indispensables, et le défaut d'une de ces qualités est pour elle une source de peines et de souffrances, et presque toujours une chance de malheur pour sa famille. Enfin la première levée, la dernière couchée, les jours les plus longs sont toujours trop courts pour lui donner le temps de subvenir à tout ce qu'elle doit faire.

Que l'on se rappelle la faiblesse et les infirmités de son sexe, la grossesse, l'enfantement, l'allaitement et le sevrage, avec tous les soins qu'ils exigent, et l'on aura de la peine à comprendre comment nos villageoises peuvent suffire à cette tâche de tous les jours qui doit durer toute leur vie.

Depuis la femme du plus gros paysan, ou demi-bourgeois, jusqu'à celle du plus petit propriétaire, aucune ne peut et ne cherche à s'en affranchir. Les femmes des demi-bourgeois, des gros paysans, ont sans doute des servantes ou leurs propres filles pour les aider, mais elles les dirigent, les surveillent, et leur donnent l'exemple de l'activité au travail qu'elles ne cessent de partager avec elles, et sous bien des rapports elles ont bien plus à faire que ces dernières. Elles ont tout à prévoir, et si toutefois elles peuvent ménager leurs bras, elles ont plus de souci avec des peines d'un autre genre, plus difficiles à supporter que la fatigue.

Si les femmes des petits propriétaires ou des prolétaires ont moins de tracas, elles sont condamnées à plus de labeur, puisqu'elles ne peuvent ordinairement se faire aider, et de plus elles sont toujours plus exposées au besoin et quelquefois à l'extrême misère.

Les hommes se délassent les dimanches et les fêtes, mais les repas sont quotidiens, on ne peut laisser chômer le ménage; si les jours fériés les hommes donnent quelques soins aux bestiaux à demeure à l'étable, soins confiés aux femmes le reste de la semaine, si ces jours fériés celles-ci peuvent s'abstenir de tout travail autre que les soins du ménage, les devoirs religieux auxquels elles s'astreignent les privent de reprendre haleine, et leur ôtent tout repos. Les hommes font quelquefois trêve à leurs travaux habituels, ils se donnent quelques plaisirs; ils vont aux foires, aux marchés, ils se retrouvent avec leurs amis les dimanches et les fêtes au cabaret; les femmes n'ont aucun de ces délassements, pas même celui de jaser avec leurs voisines, tout leur temps est pris.

Tel est le sort des femmes de nos cultivateurs. Les pères furent les oppresseurs des mères, et les fils n'ont pas adouci le sort de leurs compagnes. Et puis que de beaux diseurs viennent prétendre qu'en France les femmes ont trop d'empire; s'ils étaient venus dans nos hameaux, ils auraient vu tout le contraire. C'est la suite d'anciennes mœurs qui n'ont pas changé (1). La pauvreté de nos cultivateurs contribue aussi beaucoup à l'oppression de nos pauvres paysannes. On voit tous les jours leurs manières d'être, on y est habitué. Les hommes croient qu'elle est dans la nature, puisque Dieu a voulu que la femme fut soumise à l'homme. Nos grossiers villageois ne distinguent pas la déférence de l'obéissance passive, et ce qu'ils appellent ici soumission est pour leurs femmes l'esclavage le plus dur.

_____

(1) Voir la description du Département de l'Aveyron par M. Amans-Alexis-Monteil (ibid).

Cependant la fille voit la condition de sa mère, loin d'en être rebutée elle aspire à la subir.

Le labeur quotidien de nos paysannes, leur soumission, leur résignation à leur sort, et enfin leur empressement à courir sous un joug qu'elles savent plus pesant que celui qu'elles subissent étant filles, donnent une juste idée de leur caractère dont le fond est la douceur et la bonté. Elles sont compatissantes, toujours prêtes à s'entr'aider; c'est avec empressement qu'elles accourent dans les occasions essentielles pour se prêter un mutuel secours. La brusquerie de quelques unes d'entr'elles tient plutôt à leur éducation, et au milieu dans lequel elles vivent, qu'à leur humeur habituelle.

Elles sont bonnes mères, elles aiment toujours tendrement leurs enfants. Lorsqu'ils sont petits elles les soignent le mieux qu'elles peuvent; à mesure qu'ils grandissent, en fait d'éducation elles leur rendent tout ce qu'elles ont reçu elles-mêmes. Quand ils sont grands elles sont toujours prêtes à se dépouiller pour eux s'il s'agit de leur établissement, ou seulement de les libérer du service militaire lorsqu'elles ont le moyen de les faire remplacer. Épouses tendres elles ne vivent que pour leur mari; leur dévouement pour lui est sans bornes, leur soumission extrême, l'un et l'autre vont jusqu'à l'abnégation.

Ignorantes et crédules elles sont fort superstitieuses. L'on trouve chez elles des préjugés ridicules dont il serait impossible de leur faire comprendre l'absurdité. Elles ont une foi entière en la puissance des devins des deux sexes, et à l'influence du mauvais œil; elles supposent à certaines personnes la puissance de porter malheur par la seule influence de leur regard, et de jeter des sorts.

Un homme a-t-il perdu tous ses cheveux à la suite d'une longue maladie; il n'y a pas une de ses voisines qui n'affirme qu'il a été épilé par le Diable qui le punit ainsi de quelque vol ou préjudice, sur l'ordre d'un devineur ou sorcier à qui le fait aurait été dénoncé avec prière d'user de son pouvoir auprès des puissances invisibles pour en faire punir l'auteur.

C'est aussi à l'ignorance et aux idées superstitieuses de nos villageoises qu'il faut attribuer leur usage bizarre de se coiffer le soir, en se couchant, avec le pantalon que leur mari a porté dans la journée. J'avais souvent entendu parler de cette singularité; plusieurs paysannes m'en étaient convenues, mais le hasard m'a mis quelquefois à même de m'en assurer.

Nos paysannes dans leur simplicité croient que se coiffer ainsi pendant la nuit est un moyen de s'attacher d'avantage son mari, et de se rendre participantes de sa force et de son énergie. Car on dit proverbialement, qu'une femme porte culotte, pour exprimer qu'elle a du sens et de la raison avec un caractère ferme, qu'elle gouverne bien sa maison, et qu'elle la fait prospérer.

Quelle que soit la bonté de leur cœur, cette bonté, à moins qu'il ne s'agisse de leurs enfants ne tient guère contre leur affection pour leurs intérêts matériels. Beaucoup d'entr'elles semblent surpasser leur mari par leur cupidité et par leur avarice. Faut il vendre ou acheter, elles sont presque toujours les plus habiles. S'agit-il de leurs droits à la succession paternelle ou maternelle, elles sont ordinairement plus exigeantes que les hommes, et sur ce point une transaction avec elles devient plus difficile; elles se montrent plus âpres à la curée que leurs frères et leurs maris. Enfin nous dirons aussi d'elles, que lorsqu'il s'agit de leurs intérêts, les idées de délicatesse et de générosité sont au dessus de leur portée, qu'elles ne les comprennent pas.

CHAPITRE 3.

Des enfants et des jeunes filles.

Arrivez dans un village avec un costume autre que celui de paysan, les enfants des deux sexes sales et déguenillés qui étaient à jouer sur l'aire prendront la fuite. Parvenus à quelque distance, le plus hardis tourneront la tête pour voir qui vous êtes, puis ils s'éloigneront encore; bientôt retenus par la curiosité ils feront volte-face. Insensiblement ils se rapprocheront par des chemins divers tout en faisant leurs efforts pour ne pas être aperçus, ils se glisseront le long d'une haie, ou grimperont derrière un mur au dessus duquel ils chercheront à vous voir sans être vus. J'en ai rencontrés qui ne pouvant m'éviter cherchaient à cacher leur tête comme l'autruche qui ne veut pas voir quand elle ne veut pas être vue. Enfin si vous en abordez quelqu'un et que vous le questionniez, la peur où la timidité le tiendront presque toujours déconcerté, interdit, bouche close.

Les enfants des deux sexes ne sortent de leurs chétifs hameaux qu'à huit ou neuf ans où l'on commence à les amener à l'Église. C'est à cet âge que les petites filles s'essaient à faire tourner le fuseau.

Jusqu'à sept ou huit ans les deux sexes portent le même costume, il consiste en une petite robe ou sarreau de l'étoffe grossière dont les hommes font leurs pantalons et les femmes leurs jupons de tous les jours. Naguère on leur laissait les cheveux longs qui sont aujourd'hui coupés.

Leur coiffure consiste en un petit bonnet fait de plusieurs pièces de drap ou d'indienne. Leurs vêtements sales ou déchirés, le fumier collé à leurs pieds ou à leurs jambes, un mélange de poussière et de sueur séché sur leur visage, prouvent le peu de soin qu'on leur donne, et l'extrême malpropreté où on les laisse croupir.

Quelques enfants ont de petits sabots; ceux dont les parents sont moins pauvres portent des souliers lorsqu'on les conduit à l'Église. C'est l'époque où l'on commence aussi à parer les petites filles; alors le bonnet d'indienne fait place à celui de toile de coton bordé d'une étroite bande de mousseline plissée; un fichu d'indienne vient se croiser sous leur menton, quelquesunes ont des bas. Mais ce n'est qu'à seize ou dix-sept ans qu'elles arrivent à la robe d'indienne.

Dans nos pays les enfants ne sont jamais maltraités, il est rare qu'ils aient à subir la plus légère correction. La paysanne dans sa plus grande colère assène un ou deux coups de quenouille sur les épaules de celle de ses filles qui l'a mécontentée, cette quenouille est un léger roseau d'un demi-pouce de diamètre, assez inoffensif.

Il n'en est pas toujours ainsi des enfants qu'on loue. Leurs maîtres cherchent à les exploiter et sont exigeants; ils se permettent quelquefois de les battre; si les parents en sont informés ils ne manquent guère de le reprocher aux maîtres, et si les mauvais traitements avaient quelque gravité les pères et les mères ne se feraient pas faute d'exiger des dommages intérêts.

Les enfants sont obéissants; ils perdent cette bonne qualité à mesure qu'ils grandissent, ils deviennent irrespectueux, et cherchent bientôt à se soustraire à toute autorité. Sur ce point les pères et les mères sont fort indulgents.

À Douze ans nos marmots vont au catéchisme à l'Église. M. le curé met ses soins à le leur expliquer, mais les brebis prennent trop de temps au pasteur pour que les agneaux n'en souffrent point. Quinze à dix-huit ans est l'âge où les jeunes gens des deux sexes sont admis à faire leur première communion; on dit qu'on les soumettait autrefois à de plus longues épreuves. Le peuple était ici fort ignorant, et j'ai vu des villageois n'avoir appris pour toute prière que le Credo en latin. C'était curieux de le leur entendre réciter en mots qui n'étaient d'aucune langue, et qu'ils articulaient d'une façon fort bizarre.

Les prolétaires et ceux qui ont trop peu de bien pour occuper leurs enfants à la garde de leurs bestiaux, les louent aussitôt qu'ils les croient capables de gagner leur vie; ils envoient à la journée ceux qu'ils ne louent pas. On occupe ceux-ci à des travaux à leur portée. A seize ou dix-sept ans les filles vont aussi à la journée, et s'emploient comme les garçons aux travaux les plus pénibles. J'en ai vu dans le département de l'Aveyron qui allaient partager ceux des moissonneurs sur les hauts plateaux qui avoisinent le département de la Lozère, à dix et jusqu'à quinze lieues de leur village. Beaucoup d'entr'elles se louent pour gardeuses de bestiaux ou pour servantes de ferme. Un petit nombre se mettent au service des bourgeois; elles préfèrent en général se placer chez des paysans, quoiqu'elles y soient obligées à un travail plus pénible, qu'elles y soient plus mal nourries, que leur salaire y soit moindre et presque toujours assez mal payé. Mais chez les paysans elles n'ont rien à changer à leur langage ni à leurs habitudes; elles y trouvent leur genre de travail accoutumé, et le partagent avec les filles de la maison; elles portent le même costume qu'elles, et partagent presque toujours leur lit et s'assoient à la même table.

Très peu de nos villageoises consentent à se dépayser. La malignité suppose toujours chez celle qui s'éloigne une faiblesse à cacher quand elle n'en a point à faire oublier.

Quelques unes en laissant accumuler leurs gages de bergère ou de servante, parviennent à se faire une petite dot. Certaines se rencontrent chez le même maître avec le garçon qui s'éprend d'elles et qui les épouse.

Il est peu de ces filles économes et laborieuses qui ne réussissent à se marier selon leur condition et selon leur fortune, si leur réputation n'a pas reçu d'échec. Presque toutes y aspirent.

L'union qu'elles forment est rarement précoce. Le plus grand nombre se marient de 25 à 30 ans, quelques unes même après 40 ans. Celle qui possède une maisonnette avec un jardin est assurée d'être recherchée. J'en dis autant de celle dont la dot est à deniers comptants, ne fût-elle que de soixante francs et quelquefois encore plus modique. Nos campagnards se montrent peu sensibles aux charmes de la beauté qui n'a ni dot ni petit héritage.

Quelques économistes semblent s'effrayer de l'accroissement de la population qui est progressif. A les entendre on croirait que bientôt le globe entier ne suffira plus à l'espèce humaine, si l'on ne met obstacle à son excessive multiplication. Il me semble que le grand architecte aura dans sa sagesse su proportionner l'édifice au nombre des habitants qu'il lui a destinés. La mort éclaircit assez nos rangs pour avoir jamais à craindre qu'ils ne viennent à trop s'épaissir.

Quoiqu'il en soit le célibat est fort prôné au moment où nous sommes. C'est comme une mode, et l'on voit un grand nombre de jeunes personnes de tous les rangs s'y consacrer. Beaucoup d'entr'elles y courent par l'effet d'une grande piété ou d'un zèle ardent pour le soulagement des maux de l'humanité. Les communautés et les congrégations religieuses se sont ainsi fort multipliées; leur nombre s'accroît tous les jours dans le département du Tarn et dans celui de l'Aveyron on n'y trouve guère de bourg qui n'ait son couvent de nonnes et presque pas de villes qui n'en ait plusieurs.

Avant 1789 les moutiers ne se recrutaient que chez les nobles ou les gros bourgeois, aujourd'hui les classes inférieures qui ne leur donnaient que des sœurs converses fournissent, dans le Rouergue et dans l'Albigeois, le plus grand nombre de religieuses aux couvents de nouvelle création.

Il est à remarquer que nos bonnes paysannes, j'entends celles qui ont une dot suffisante pour s'y faire admettre, les autres sont seulement reçues comme sœurs converses ou servantes, il est dis-je à remarquer que ces bonnes paysannes préfèrent ordinairement les congrégations qui ne s'occupent que d'exercices de piété où la vie est ascétique; laissant aux demoiselles de meilleure maison le soin de se dévouer au service des pauvres, des orphelins et des malades. Ce fait me semble une donnée assez positive sur l'esprit de l'élite de nos villageoises qui dans leur ignorance mettent la dévotion au-dessus de la charité. Pourquoi ne pas donner à leur pieux zèle une direction plus profitable aux malheureux.

L'odieux chacun pour soi est tellement contagieux, il sait si bien se déguiser, qu'il peut se glisser à leur insu, dans des âmes pieuses mais peu éclairées, et refroidir en elles l'amour du prochain.

Feu Monseigneur de Gualy Archevêque d'Albi fonda il y a quelques années, dans son diocèse une société de jeunes filles dévotes sous le titre de congrégation de Ste Agnès, dont les adeptes continuent à rester dans leurs familles. Elles sont toujours vêtues de noir, et portent sur leur poitrine un petit crucifix en argent. Elles renoncent au mariage sans que cette promesse soit irrévocable, et sont assujetties à quelques pratiques de dévotion dans leur paroisse, sous la direction de monsieur le curé.

Cette fondation a eu beaucoup de succès; bon nombre de jeunes paysannes sont accourues sous cette nouvelle bannière. Ceux de nos gros paysans qui avaient des filles à marier et dont la bourse était vide ou qui étaient peu désireux d'en dénouer les cordons ont vu cette création avec bonheur alors qu'ils ont cru y voir pour leurs filles une sorte d'établissement qui les dispensait de tout sacrifice, et laissait intacte la métairie destinée toute entière à leur fils aîné.

L'agriculture a pu perdre le travail de ces jeunes filles dont le temps se consume à l'église ou sur le chemin qui y mène; quelques uns de nos jeunes hommes, au lieu de se marier avec la fille de leur voisin, se sont vus forcés d'aller au loin chercher une épouse; mais la piété et les bonnes mœurs ont du faire leur profit de cette dévote association.

Chaque sœur de Ste Agnès est aujourd'hui dans son village une surveillante à laquelle sa robe noire et la croix qui brille sur sa poitrine donnent une certaine autorité. Elle reprend, blâme, et réprimande au besoin, et ne manque jamais de donner jour par jour le compte oral à monsieur le curé de tout ce qu'elle a vu ou entendu de relatif à l'espèce de police qu'elle croit devoir s'arroger. En rapport à monsieur le curé est la chose au monde qui impose le plus à notre population féminine.

On pourrait, ce me semble, bien mieux utiliser cette congrégation. Pourquoi ces adeptes n'iraient-elles pas au secours des malades? Pourquoi ne seraient-elles pas des sœurs de la charité pour nos campagnes? Les saintes filles de saint Vincent de Paul ne viennent pas dans nos hameaux où leurs soins seraient pourtant bien nécessaires et bien précieux. Qu'elles y soient remplacées autant que possible par les sœurs de Ste Agnès qui rendraient ainsi des services essentiels à tant de malheureux qui sont privés de secours et dont elles se feraient bénir. Il serait aussi à souhaiter que le lieu de leur réunion put être une salle d'asile pour les enfants du village où elles se rassemblent, et pour ceux des hameaux les plus voisins. A tout cela la piété n'aurait rien à perdre et la charité y gagnerait.

Avec un peuple plus d'instruction elles pourraient suppléer aux institutrices qui manqueraient dans leur paroisse, ou aider à celles qui s'y trouvent; il s'en faut de beaucoup qu'il y ait des maîtresses d'école partout où elles seraient indispensables. Si les parents se montrent insoucieux de l'instruction de leurs garçons, ils le sont plus encore de faire apprendre à lire et écrire à leurs filles; ils sont loin de sentir combien l'instruction serait utile à nos jeunes personnes, et l'influence qu'elle leur donnerait un jour sur leurs enfants et sur leur mari.

Nos jeunes paysannes sont en général fort sages. Le travail continuel auquel elles sont assujetties toute la semaine, et les longues pratiques auxquelles on les astreint les Dimanches et fêtes ne laissent chez elles aucune prise aux vices qui naissent de l'oisiveté, aussi la preuve de la faiblesse de l'une d'elles est un événement assez rare. Si quelqu'une succombe, c'est toujours par la promesse d'un prochain mariage qu'elle s'est laissée séduire, promesse qui se réalise presque toujours. D'ailleurs ce n'est qu'aux vœux des jeunes gens de leur condition qu'elles se montrent accessibles, ceux que leur exprimeraient des hommes d'un état plus relevé seraient repoussés énergiquement.

Mais malheur à la jeune paysanne séduite qui serait abandonnée par son amant! elle serait bientôt un objet de scandale; elle verrait descendre sur sa tête l'anathème et toutes les malédictions. L'infortunée pourrait se voir chassée du toit paternel, repoussée par ses parents, par ses voisins, par celles qui étaient ses amies, qui toutes verraient en elle un objet de mépris, presque d'horreur, et n'oseraient s'en approcher. Errante et sans asile, surtout pendant les derniers mois de sa grossesse, en proie à tous les besoins, abandonnée de tous, il est encore heureux pour elle que le désespoir ne l'entraîne point au crime quand elle est réduite à se délivrer elle-même sans secours, derrière une haie au coin d'un bois, au fond d'un ravin. Telle est l'extrémité où elle est réduite, si quelque bonne femme dont la charité parle plus haut que la dévotion, n'a consenti à la recueillir pour quelques jours dans sa chaumière isolée.

Mais que devient son enfant? S'il vit l'hospice le moins éloigné est sa destination. Que devient la mère? Elle s'expatrie et presque toujours on la retrouve servante d'un mauvais cabaret dans quelque ville voisine.

J'ai vu de ces pauvres filles en qui le malheur n'avait pu étouffer le sentiment de la maternité, vouloir garder leur enfant, le nourrir de leur lait et puis de leur travail, et une voix imposante s'y opposer violemment, parceque disait-elle, la vue d'une fille mère nourrissant elle-même son enfant était un continuel scandale. Hélas! où est donc dans ce cas ce que la charité chrétienne prescrit? Les généreux sentiments qu'elle inspire sont étouffés par d'odieux préjugés, par un fanatisme religieux ignorant et barbare.

Il y a plus de trente ans, dans un laps assez rétréci, quatorze procès d'infanticide furent portés devant la cour criminelle de l'Aveyron où les accusées furent acquittées par le jury. Les circonstances et les faits qui furent établis par les débats feraient foi de ce que je viens de dire, car depuis 40 ou 50 ans rien n'est changé sur ce point; mêmes mœurs, mêmes préjugés, même ignorance, et même oubli de ce que dans ces circonstances l'amour de l'humanité, la charité évangélique, prescrivent à tout honnête homme, à tout chrétien.

J'ai dit que nos paysannes étaient en général fort sages, mais nos campagnes ne sont pas tellement privilégiées que l'on ne puisse y trouver quelques filles dont la conduite a pu être équivoque; on pourrait même en rencontrer qui ont conservé femmes la légèreté de caractère qu'elles ont montrée avant leur mariage. Il faut avouer aussi que s'il y a quelques jeunes filles trompées, on en a vu qui trompaient elles-mêmes cruellement l'homme qui les avait recherchées en mariage dans l'ignorance d'un autre amour au déclin. Sans doute ces cas sont rares, mais j'en ai vu plusieurs de cette espèce.

Heureusement, s'il est avec le ciel des accommodements, il en est aussi avec nos paysans: leur cœur n'a pas déplu que l'argent ne guérisse. J'ai vu trois de ces scandaleuses affaires s'arranger à ravir pour trois ou quatre cents francs que le beau-père venait ajouter à la dot de sa fille qui conservait ainsi sa place au lit conjugal. Nous ajouterions encore à regret qu'un mari trompé, et ce qui est plus honteux un mari complaisant, ne serait plus comme au temps jadis introuvable dans nos hameaux.

Depuis quelque temps on aperçoit dans nos jeunes filles un air plus recueilli avec les apparences d'une vertu plus sévère, lorsque ce n'est chez la plupart d'entre elles qu'une pruderie affectée. D'où cela vient-il? On pourrait le pressentir; mais je laisse à des observateurs plus éclairés le soin de répondre à une question si délicate.

Si l'amour sensuel et désordonné peut quelquefois être à combattre dans nos montagnes, il n'y est pas le Démon le plus à redouter; celui de la cupidité et de l'avarice est ici tout aussi dangereux et ses inspirations sont plus à craindre.

Lorsque l'hypocrisie parut pour la première fois dans le monde, elle y fut introduite par la cupidité et par l'ambition. L'amour s'en est aidé, mais ce n'est pas lui qui l'a fait naître. Que ces voix amies que nos villageois écoutent avec respect s'élèvent plus souvent contre ce vice odieux qui infecte, empoisonne et dénature tous les rapports de l'homme en société et dans la famille. Que ces voix persuasives entretiennent nos paysans plus souvent et avec plus d'étendue, de la justice, de la loyauté, de la bonne foi qui doivent être la règle de tous les actes de la vie humaine relatifs à nos semblables. Voilà les idées civilisatrices qu'on doit faire bien comprendre à nos cultivateurs, et qu'il s'agit de graver dans leur cœur endurci par l'ignorance et par l'égoïsme le plus rétréci. Car la justice est ce que nos jeunes femmes et nos jeunes filles comprennent le moins. Cette vertu entre pour si peu dans l'éducation qu'elles reçoivent! Ne pas voler dans l'acception la plus restreinte du mot vol, est tout ce qu'elles savent de ses préceptes sans commentaire ou bonne explication qu'elles aient reçue. Elles ne peuvent entendre la justice autrement que leur père et mère qu'elles ont toujours vus bien plus attentifs à éviter quelque tort, quelque préjudice, que soucieux de n'en point causer aux autres. Aussi, la cupidité, l'amour de l'argent semblent-ils innés dans ces jeunes cœurs qu'ils font palpiter bien avant qu'ils n'éprouvent de plus doux sentiments.

C'est presque toujours par les actes que ces basses passions inspirent aux enfants que les développements de leur intelligence se font remarquer; c'est toujours par de petites rapines exercées par les jeunes filles dans la maison de leur père, que leur ardeur pour leurs intérêts, que leur rapacité se décèlent. Cette passion semble être inoculée dans les enfants sur les genoux de leur mère, pour ne pas dire dès le berceau, par ce qu'ils peuvent entendre ou peuvent voir. Comment exigerait-on de ces jeunes filles dont on éclaire si peu la conscience, que devenues mères de famille, elles inspirassent l'amour de la justice à leurs enfants? Pour inspirer un sentiment, il faut le connaître, l'éprouver soi-même. Cette vertu ne consiste pas seulement à ne pas prendre ou retenir le bien d'autrui, mais aussi à ne pas se laisser enlever par l'un ce qu'elle exige que l'on tienne en réserve pour l'autre. Si la femme qui trompe son mari en se parjurant, comprenait la justice, elle en ferait le premier de tous ses devoirs, elle n'oublierait jamais celui que le mariage lui prescrit en première ligne.

La justice est pour la femme qui en a le sentiment profond, un lien plus fort que la pudeur même. La jeune personne qui a pu se soustraire aux exigences de celle-ci, ne méprise pas toujours les prescriptions de l'autre; mais la femme qui viole les lois de la probité ne sera que faiblement retenue par celles de la pudeur qui n'obtiennent d'elle qu'un hypocrite hommage. Je demande s'il fut jamais possible d'avoir pleine foi en la chasteté d'une tricheuse au jeu.

La justice garantit les droits de chacun, sauvegarde l'honneur individuel et son règne assurerait dans toutes les circonstances notre plus grande sécurité dans les rapports les plus intimes de la vie humaine. Ainsi, moralistes et prédicateurs, qu'elle soit toujours l'âme de vos leçons, qu'on la retrouve sans cesse dans vos discours comme dans vos exemples.

Nos villageois connaissent fort peu l'amour respectueux et passionné. Pour celui qui naît d'un premier regard, de la rencontre fortuite d'un coup d'œil, cette espèce d'amour qui dans nos cités décide quelquefois de l'existence d'un jeune fou et d'une lectrice de mauvais romans, vous ne trouverez rien de pareil chez les rustiques habitants de nos hameaux où ce sentiment est rarement spontané, et toujours bien moins ardent. Romanciers et poètes dramatiques allez donc ailleurs chercher vos héros!

Cette affection que chez nos paysans je ne puis appeler passion, puisqu'il est rare que l'exaltation s'y mêle, naît au village de certaines convenances de condition, de fortune et d'âge; rarement la beauté seule l'inspire. Si, par événement, elle entrait dans la balance, elle y serait d'un poids assez léger, car là, on n'aime ordinairement qu'en vue du mariage. Alors il s'agit d'intérêts majeurs qui se résument en argent ou en fonds de terre. Nos paysans savent d'ailleurs que la beauté est éphémère, qu'elle est une fleur que le temps, le travail de la terre et surtout le mariage fanent et flétrissent bientôt. Mais disons aussi que leurs sens moins délicats, leur goût plus grossier les rendent moins impressionnables et moins sensibles à la délicatesse, à la douceur, à l'harmonie des traits dont les charmes sont pour eux beaucoup moins séduisants. Comme chez certains peuples la beauté des femmes a chez eux un type particulier. Les femmes chez qui se réunissent les indices de la force et de la vigueur obtiennent leur préférence, et les robustes appas ont pour eux les attraits les plus puissants, les plus irrésistibles.

Le cabaret est presque toujours le théâtre des tendres déclarations et des doux aveux de nos Annette et de nos Lubin, de nos Jacques et de nos Jeannette; ils ont lieu ordinairement après une heureuse rencontre dans une foire ou à une fête patronale. Quand le jeune homme est enhardi par les vapeurs de quelques verres de vin, sans recourir à des

précautions oratoires, et sans autre exorde il dit à la jeune fille à
peu près ceci : « Mes parents veulent (ou je veux) me marier. Vous m'agréez
beaucoup; vous conviendriez aussi beaucoup à mes parents, et si vous le vouliez je ferais
à proposer notre mariage à votre père et à votre mère. » Il joint à ces paroles
quelque étalage de ce qu'il possède, de ce qu'il espère, et de ce qu'il sait
faire. La jeune fille lui répond d'un air fort modeste, « je ne connais
pas les intentions de mon père et de ma mère à mon égard. »

On se retrouve bientôt une seconde fois, et presque toujours à la foire la plus
rapprochée du jour de la première entrevue. Le jeune homme est avec un de
ses amis, et la jeune fille avec une de ses compagnes. Le jeune homme offre
une bouteille de vin aux jeunes personnes, et tous les quatre vont
s'attabler à un cabaret des moins fréquentés de l'endroit. La jeune fille
sort de son tablier qu'elle avait retroussé pour lui servir de grande poche,
une sorte de gâteau qu'elle a pétri avec grand soin avec du lait et des
œufs, et qu'elle a fait cuire sous la cendre du foyer à l'insu de sa mère.
Après avoir trinqué sans avoir fait choquer les verres plusieurs fois, le jeune
homme en se donnant des yeux langoureux, répète sa première déclaration.
Le compère et la commère d'applaudir, et de trouver l'affaire proposée fort
convenable pour les deux parties.

La jeune fille d'un air satisfait qu'elle cherche cependant à dissimuler
un peu, lui répond avec un demi sourire; faites parler de cette affaire à mon
père, si vous voulez. Ainsi l'amour de nos jeunes gens se traduit bientôt
en une demande en mariage. La proposition en est faite en vidant une
bouteille au cabaret. Le jeune homme ne manque pas de faire intervenir
un tiers qui s'interpose entre les parties pour les porter à de mutuelles
concessions. C'est là un vrai marché; quelques écus de plus la font
conclure; quelques écus de moins peuvent la faire rompre.

Si le fils n'est encore qu'adolescent, et que les intérêts de sa famille exigent
qu'il se marie, son père lui choisit une épouse. C'est aussi au cabaret que
celui-ci en fait la demande; l'entremise d'un tiers concourt aussi presque
toujours au succès.

Les mères, sauf si elles sont veuves, se mêlent rarement de l'établissement
de leurs enfants. Elles laissent ce soin important au chef de la famille, et
n'interviennent que pour confirmer ce qu'il a déjà résolu, ou y adhérer.

Les accords faits sont aussitôt rédigés par un notaire, et le mariage ne
tarde pas à se célébrer. Les noces sont ordinairement d'une gaîté fort
bruyante. Les parents des deux familles sont réunis. On tire force coups
de pistolets; on boit, on mange, on danse, et l'on boit encore. La gaîté des

convives amène souvent des quolibets et des plaisanteries que la bonne éducation ne saurait admettre ni le bon goût applaudir; mais on est joyeux et on le témoigne. Les mariages de nos paysans n'ont rien de particulier, mais ils se célèbrent sans violon ni flûte, ni tambour; Nos bonnes gens n'ont pas même la musette qui réjouit si fort nos voisins les Auvergnats.

Ce n'est guère qu'aux foires qu'on peut rencontrer nos paysannes dans les cabarets où elles sont entraînées par leurs parents, ou leurs amis, ou par leurs affaires. C'est là que les amants se réunissent comme je l'ai dit, et que la grande affaire de leur mariage se traite entre leurs parents en présence d'amis communs, et que se font et se concluent tous les accords et tous les marchés entre paysans; c'est là que se fait le paiement des bestiaux achetés à la foire, ce qui oblige beaucoup de femmes, les veuves surtout à aller s'y asseoir.

Nos jeunes paysans aiment beaucoup à danser, mais ils ne goûtent guère ce plaisir qu'entre eux. Les filles et les femmes ne s'y mêlent guère qu'aux noces de leurs parents ou de leurs amis. La danse est un point sur lequel nos ecclésiastiques se montrent inexorables, comme pour toute réunion des deux sexes dont le but serait le plaisir. Ils sont presque parvenus à interdire jusqu'à celles de la veillée dans les longues soirées de l'hiver.

Nos campagnes ne retentissent plus des accents joyeux des bergers. L'écho n'a plus à répéter que les tons monotones du chant grégorien. Depuis sept ans, date de mon retour dans le pays, je n'y ai entendu ni chanson patoise, ni joyeux refrain.

On ne retrouve plus chez nos jeunes filles la naïveté naturelle à leur âge; passé quinze ou seize ans leur physionomie s'empreint de tristesse. Dans le canton que j'habite et dans ses environs, peu d'entre elles se font remarquer par leur embonpoint. Sous leur teint presque aussi basané que celui des hommes, la pâleur se décèle. Un grand nombre de ces pauvres filles s'étiolent au printemps de leur vie, épuisées par une mauvaise nourriture et par un travail souvent au dessus de leurs forces. Exposées journellement aux subites variations de l'atmosphère, la pulmonie, la phthisie ou quelque maladie inflammatoire viennent abréger leurs jours; beaucoup d'entre elles meurent par l'effet de leur imprudence en s'exposant intempestivement au froid et à l'humidité.

CHAPITRE 4.

Des filles surannées.

Si l'on rencontre dans nos hameaux quelques filles courbées sous le poids des années, c'est le plus souvent chez les paysans propriétaires d'une métairie à plusieurs araires ou attelages. Elles ont ordinairement été condamnées au célibat par l'avarice de leurs parents, et par l'idée fixe de presque tous ces paysans de maintenir après eux l'intégralité de leurs immeubles, et pour me servir de leur expression, de faire un aîné qui conserve la maison; c'est là un préjugé dont nos laboureurs ne se départent pas. Ces vieilles filles ont passé leur vie à garder les bestiaux à travailler la terre ou à filer, ce sont les sœurs, les tantes ou les grand-tantes du maître de cette maison qu'elles n'ont jamais quittée, où elles ont été nourries et entretenues tant bien que mal. Le produit de quelques brebis qu'elles ont dans le troupeau de la métairie, et ce qu'elles ont pu gagner en filant a suffi à leur modeste parure.

La crainte de leur voir réclamer les droits successifs qu'elles ont dans la maison les fait traiter avec quelques égards, même avec prévenance, par la nièce ou par le neveu qui prétend plus particulièrement à sa succession. Si elles ont l'imprudence de donner leur bien sans réserve écrite ou autrement que par un testament révocable, elles s'exposent à se voir méprisées et à manquer du nécessaire. Dans tous les cas si leur naissance a pu réjouir, leur mort n'affligera guère que le bambin, objet de sa prédilection, qui après huit jours ne se ressouviendra plus de sa grand-tante ou de sa tante.

Les vieilles filles qui ne peuvent à la fin de leurs jours retrouver un asile dans la chaumière qui les a vu naître, continuent de servir chez des maîtres tant que leurs forces le leur permettent. Il est rare qu'au bout de leur carrière elles ne soient parvenues par leur extrême économie à se créer quelque faible ressource.

En quittant leur dernier maître elles vont poser leur grabat dans l'un des coins du réduit habité par leur sœur ou par leur nièce tout aussi dénuées qu'elle. Dans la saison propice elles courent encore gagner six sols par jour à faire sécher les foins, ramasser les pailles et serrer les grains quand on dépique, sarcler les haricots et les pommes de terre, cueillir les fruits &c., et puis elles n'abandonnent leur quenouille et leur fuseau que quand il faut enfin tout quitter.

Quand l'hiver arrive elles n'ont pas toujours du pain à volonté, mais accoutumées à vivre de peu, quelques cuillerées de maigre soupe, des pommes de terre, quelques châtaignes suffisent à leur nourriture. Ces chétifs aliments leur viennent en retour d'un travail pénible dont elles n'ont pu retirer d'autre salaire. Si, ce qui est assez rare, elles en obtiennent quelque argent, elles s'en servent pour renouveler leurs sabots ou leur coiffe, pour s'acheter un peu de fil afin de la restaurer, ou un peu de ... pour la blanchir. Enfin, si leurs gros sols peuvent y suffire, un nouveau fichu vient, le dimanche, remplacer le fichu demi usé qu'elles renvoient à tous les jours.

Tel est le genre de vie de ces pauvres filles au bout de leur longue carrière. Quel qu'ait été le malheur de leur condition, il en est fort peu d'entre elles qui n'aient conservé jusqu'à leur dernière heure quelques pièces de cinq francs pour charger Monsieur le Curé de dire quelques messes pour le repos de leur âme, et pour quelque don à l'Église paroissiale; Presque toutes, à leur lit de mort, distribuent elles-mêmes avec tranquilité ce qui leur reste de leurs meilleures hardes à leurs plus proches parentes ou à leurs amies.

Nous ferons remarquer en terminant ce chapitre, que ces filles pauvres et surannées sont fort clair-semées dans nos campagnes. J'ai expliqué comment il se fait qu'un grand nombre de jeunes paysannes s'éloignent après les premiers pas dans leur carrière toujours si pénible et souvent si douloureuse.

CHAPITRE 5.
Des femmes mariées.

Ceux de nos paysans qui vivent éloignés des principaux bourgs sont dépourvus de toute ressource contre les mille accidents auxquels ils demeurent sans cesse exposés. La distance qui les sépare des gens de l'art, la cherté de leurs services et des médicaments, la pénurie de la plupart de nos cultivateurs, mettent tout secours hors de leur portée; aussi ne s'alitent-ils que pour mourir. Le sort de leurs femmes est sous ce rapport encore plus déplorable.

Voyez celle de Simon; son enfant vient de tomber malade; avec quelle sollicitude elle s'ingénie pour le soulager, et pour chercher à le guérir. Tantôt elle veut le réchauffer au feu de l'âtre, tantôt elle le serre contre son sein. S'il gémit, elle cherche à l'apaiser. Que ne fait-elle pas pour calmer la douleur poignante qui arrache des cris au pauvre petit malade! Presque toujours elle le tient dans ses bras.

Cependant il faut à la famille son repas à l'heure accoutumée, le veau mugit d'impatience à l'étable, et la faim fait grogner les pourceaux à la porte; la femme de Simon ne peut négliger aucun soin. La maladie de l'enfant triple son activité, la mère de famille pare à tout.

Dans ces cas on voit accourir une voisine qui a cent remèdes secrets, et un spécifique pour tous les maux. Heureux le petit malade s'il ne meurt pas par l'effet du zèle ardent que l'on met à vouloir le guérir; car il n'est pas rare dans nos pays de voir de ces bonnes commères administrer à de petits enfants le même remède qu'au mouton, au porc, même au bœuf.

Naguère un paysan de mon voisinage, envoyé par de bonnes femmes vint me demander une bouteille de vin vieux qu'on voulait faire bouillir avec du lard pour le faire prendre à son enfant, atteint, disait-il, de mal d'estomac; et cette pauvre créature n'avait pas encore deux ans. J'eus de la peine à faire entendre à cet homme qu'un pareil remède pourrait tuer son enfant. Je lui donnai du sucre en lui recommandant d'en délayer quelques morceaux dans l'eau, et de faire boire de temps en temps de cette eau à l'enfant qui guérit sans autre soin, lorsqu'une potion faite avec du vin et du lard n'aurait pu manquer de le tuer.

Dans un autre hameau, c'est un père de famille qui est atteint d'une pleurésie; sa pauvre femme qui est sans ressources accourt chez M. le Curé. Celui-ci visite aussitôt le malade, et de son autorité envoie aussitôt quérir un médecin qui arrive à temps opportun, soigne le malade et le guérit. Que serait devenu cette pauvre famille sans un curé moins clairvoyant et moins charitable?

Mais voyez une de nos malheureuses paysannes surprise par les douleurs de l'enfantement, quelquefois dans le champ où elle travaille; appuyée au bras de son mari et d'une voisine dont l'utile présence est fortuite, elle se traîne paisiblement vers sa chaumière. Là, couchée sur quelques pailles recouvertes d'une toile grossière sale, presqu'en lambeaux, et enveloppée d'une vieille couvertine toute trouée faite de haillons de diverses couleurs, dépourvue des langes indispensables pour l'enfant qui va naître, ses autres enfants à demi-nus qui l'attendaient avec impatience pour avoir le morceau de pain, la pomme de terre pour le repas dont l'heure a sonné; étonnés et silencieux, l'entourent avec anxiété.

La pauvre femme manque des secours les plus indispensables, aussi combien de ses pareilles périssent en couche ou de leurs suites! Que d'enfants on tue en les arrachant du sein de leur mère, souvent en déchirant ses entrailles! Et la plupart de ces malheurs viennent de l'impéritie; de l'ignorance des bonnes voisines accoucheuses, qui souvent causent la mort de celle qu'elles voudraient soulager. L'incurie ou les soins les plus malentendus succèdent à l'accouchement quelquefois le plus laborieux.

La pauvre femme qu'on laisse exposée à mille imprudences succombe souvent, quand un peu de bouillons, une couverture sur son grabat, un peu de repos avec quelque attention sur elle auraient amené sa guérison.

L'accouchement est-il heureux, au bout de quelques jours, souvent le lendemain, malgré sa faiblesse et le danger qu'il y a pour elle de s'exposer à l'air et à l'humidité, on voit la nouvelle accouchée reprendre le soin de ses enfants et ses travaux habituels. Rien de plus ordinaire que les plus graves accidents qui surviennent dans ces cas. Si la pauvre femme n'en meurt pas, on la voit quelquefois réduite à un état d'infirmité qui fait de sa vie un supplice continuel. Son mari est alors privé de son travail, ses enfants de ses soins que rien ne peut remplacer, et tous sont réduits au dernier degré de la misère.

Bon nombre de maris ne paraissent guère sensibles aux souffrances de leur femme malade que par la privation de son travail, et par la dépense que son état peut leur coûter. Ils font des vœux pour que sa maladie soit courte, sans se beaucoup inquiéter des suites qu'elle peut avoir. Dans des circonstances pareilles, on a plus d'une fois entendu de ces bons maris dire à haute voix, près du lit de douleur de leur femme : « Je suis trop pauvre pour la soigner et pour la nourrir à ne rien faire. Qu'il plaise à Dieu, qu'elle fasse bientôt l'un ou l'autre »

Les femmes mariées avec des fainéants, des ivrognes ou des dissipateurs de toute espèce, ont d'autant plus à souffrir que le pays offre moins de ressources. Quoiqu'il y ait bon nombre de ces malheureux dans nos campagnes, nous nous tairons sur leur déplorable sort que tout le monde comprend.

CHAPITRE 6.

Des Vierges ou des femmes au caractère énergique et viril.

On trouve dans l'Albigeois et dans le Rouergue comme dans tous les pays, des femmes qui ressemblent aux hommes par leurs forces physiques, et par l'énergie de leur caractère. On a vu de nos jours en France, de jeunes femmes dissimulant leur sexe, endosser l'uniforme du soldat, et sur le champ de bataille se distinguer parmi les plus braves. Mais ce n'est pas sur un pareil théâtre qu'on a jamais pu voir nos paysannes timides et casanière. S'il arrive à quelqu'une de nos villageoises de sortir de son sexe, c'est sans sortir de sa maison ou du cercle étroit que la nature semble avoir tracé autour d'elle.

En parcourant nos montagnes, le voyageur rencontre assez souvent des paysannes membrues attelant des bœufs, conduisant des charrettes, ou labourant la terre aussi bien que les hommes les plus vigoureux. Dans presque toutes nos foires il pourra voir aussi de nos paysannes qui sans aucune crainte saisissent d'une main forte les bœufs et les vaches par les cornes et par les naseaux, achètent ou vendent les animaux avec beaucoup d'intelligence; comptent ou remboursent de l'argent. Pour donner une haute idée de leur force et de leur aptitude aux affaires de leur maison, on dit qu'elles portent culotte.

Nos paysannes peuvent se passionner; mais il semblerait que l'amour échauffe plus leur tête que leur cœur. Cependant je dirai à leur louange qu'il est rare que le malheur de leur amant éteigne ou refroidisse leur feu. On a vu de jeunes filles faire pour celui qu'elles aimaient des efforts au dessus de leur force, et braver tous les dangers. Du temps de l'empire les jeunes réfractaires aux lois du recrutement se trouvaient fort nombreux dans nos montagnes, et il leur arrivait fréquemment de résister à la gendarmerie quand ils n'avaient pu se soustraire à ses recherches. Dans ces circonstances on voyait souvent des femmes et de jeunes filles accourir à la défense d'un fils, d'un frère, d'un amant, et combattre vaillamment à coups de pierre les agents de la force publique.

On a souvent observé que chez les femmes remarquables par leur force physique, leur courage, leur énergie, il y avait peu de place pour la sensibilité, la douceur de caractère et la bonté. L'amour qui adoucit tant de cœurs ne produit pas toujours cet effet sur celui de nos paysannes. Quand elles en viennent à lui sacrifier tout autre sentiment, il peut opérer chez elles d'étranges transformations.

Dans nos pays les mauvais ménages sont assez rares. Les femmes qui ont des maris vicieux souffrent presque toujours sans se plaindre; elles se taisent, à moins que ce ne soit la jalousie qui les tourmente. Alors on voit parfois la femme jalouse exhaler sa douleur en injures contre sa rivale, et en amers reproches contre son mari. On en a vu qui recouraient à des voisines pour s'en faire aider à se venger de celles qu'elles accusaient de troubler leur ménage et en venir contre elle aux plus graves excès.

La femme qui s'oppose énergiquement à la conduite de son mari, qui sait lui résister, quand il le faut, et se défendre s'il veut se permettre de la maltraiter, est louée par tout le monde; elle est estimée des hommes, et les femmes la portent aux nues; mais son mari est d'autant plus méprisé que les éloges donnés à sa femme sont mieux mérités.

Si quelque querelle de ménage s'ébruite, et que l'homme ait le dessous, c'est à qui se moquera de lui. Chez nos paysans, un mari battu par sa femme est bien autrement ridicule qu'un mari trompé. On dit quelquefois que ce dernier n'a que ce qu'il mérite, souvent on le plaint, et bientôt on n'en parle plus; tandis que l'autre devient l'objet d'une moquerie générale dans son village, presque toujours suivie d'une éclatante et fort bruyante démonstration. Le mari n'eût-il reçu de sa femme que le plus léger coup de poing est bafoué et charivarisé impitoyablement.

Il n'est guère de désordre qui ne soit une leçon profitable pour beaucoup de monde, et ces charivaris, tapages injurieux et fort blessants pour des époux, ne laissent pas que d'être d'un effet moral fort salutaire. La crainte qu'ils inspirent rend les maris plus doux pour leur compagne, les porte à éviter de les trop irriter, et de les exciter à de justes représailles. Les femmes de leur côté, quelle que soit leur irritabilité, se méfient du premier mouvement de leur plus juste colère, parcequ'elles savent qu'en s'y livrant elles pourraient exposer, elles et leur mari à la risée de leurs voisins, et par conséquent à leur mépris. Nos virago campagnardes sont ainsi moins querelleuses, et leurs emportements plus rares et moins à redouter.

CHAPITRE 7.
Des vieilles femmes.

Il est bien des douleurs particulières qui attendent nos paysannes au bout de leur pénible carrière. Celle qui a parcouru la sienne à l'abri du besoin et sans infirmités, en est souvent accablée dans sa vieillesse où les maux physiques et les peines morales, des chagrins cuisants viennent mettre le comble aux misères de toute sa vie.

J'ai dit que nos villageoises aimaient tendrement leurs enfants; s'agit-il du service militaire qui est ce qu'elles redoutent le plus pour eux? Elles sont prêtes à tous les sacrifier pour qu'il en soit dispensé. S'agit-il de favorisez leur établissement ? Elles sont disposées à se dépouiller en leur faveur avec autant de générosité que d'imprudence. Dans ce cas elles suivent l'impulsion de leur mari et sont comme lui fort portées à préférer l'aîné de leurs fils.

On rencontre dans nos campagnes des femmes parvenues à leur extrême vieillesse qui filent presque continuellement, qui vont encore cueillir les légumes et les fruits, qui soignent et même gardent les pourceaux. Leur affection pour leurs petits-fils est extrême, et autant qu'elles le peuvent, elles ne cessent de les entourer de toute leur sollicitude, et de leur prodiguer tous les soins.

On voit aussi dans nos hameaux de vieilles femmes accablées d'infirmités, manquant du nécessaire, et fort mal servies par leurs enfants qui ne dissimulent pas leur empressement à voir rendre le dernier soupir à leur pauvre mère. Il est de ces enfants sans cœur qui se disputent ses hardes, et qui, avant qu'elle ait expiré, vont jusqu'à contester entre eux sur la part que chacun aura à supporter des frais de sa sépulture.

Je dois dire enfin que bien souvent les mères, à la fin de leurs jours, ne retrouvent chez leurs enfants qu'ingratitude en retour de tous leurs bienfaits.

Rien n'est plus commun dans nos pays que l'oubli de tous les devoirs de la part des enfants des deux sexes envers les auteurs de leurs jours parvenus à la vieillesse. Je pourrais citer bien des faits à l'appui de cette assertion, mais pourquoi contrister le lecteur ? Mieux vaut soulager son cœur, en nous reportant à la louable conduite que tiennent envers leurs parents bon nombre de nos jeunes paysans qui leur marquent une affection sincère, savent les honorer et les respecter, et sont attentifs à leurs besoins qu'ils cherchent à prévenir autant qu'ils le peuvent. Mais, hélas ! il faut bien l'avouer, ce sont là des exceptions, quoique ces exceptions soient nombreuses.

CHAPITRE 8e et dernier.

Vœux de l'auteur pour amoindrir le mal dans sa commune.

Dans les campagnes éloignées des lieux où la population s'agglomère le sort des femmes des cultivateurs est presque partout déplorable ; il reste donc quelque sauvagerie dans les mœurs des habitants d'un grand nombre de communes de certains de nos départements. Il est avéré aussi que ces hommes à l'intelligence obtuse, aux vues courtes et dont le cœur est dur puisqu'ils traitent leurs compagnes inhumainement, sont en France la classe la plus nombreuse, et font la majorité de sa population. Je laisse à penser s'ils seraient capables de se gouverner avec quelque sagesse, et s'il était à la fois absurde et criminel de vouloir leur abandonner leur sort et le nôtre avec l'avenir de nos enfants.

On a vu quelle était la malheureuse existence des femmes de nos cultivateurs, et pu démêler les causes de leurs souffrances. D'abord c'est l'égoïsme qui engendre tous les vices, et porte le plus fort à opprimer le plus faible; l'ignorance, la misère viennent s'y joindre; ainsi s'explique le dur esclavage sous lequel nos pauvres villageoises gémissent.

Améliorer leur sort, rendre leur situation présente plus supportable, tel est le problème à résoudre. Le mal est actuel, incessant, et ses effets sur l'avenir sont progressifs; il ravage notre population naissante, il fait plus que la décimer, et il amoindrit ce qui lui échappe.

Tout être sensible témoin de tant de souffrances ne peut qu'y compatir, et ressentir le besoin pressant de les voir soulager et de voir mettre un terme à tant de douleurs. Mais pour que ce noble vœu, ce vœu si humain, si rationnel, puit être comblé dans le petit pays que j'habite, on n'aurait point à recourir à de vaines théories, ni à aucun de ces projets inexécutables dont on nous a tant inondés, mais seulement à des moyens praticables, d'un effet assuré et tout aussi prompt que la nature des choses le comporte.

Il suffirait presque de nos seules ressources, et de nous servir de ce que nous pouvons avoir sous la main, avec l'assentiment, l'encouragement et l'appui de l'autorité locale, et du département.

Je prie le lecteur de ne pas perdre de vue qu'en ne parlant ici que de ma commune, ce que j'avancerai ou proposerai pour elle, peut trouver son application à tout autre commune relativement à ce que sa situation aura de pareil avec la situation de celle dont il s'agit, et j'en sais bon nombre qui lui ressemblent sur presque tous les points. Cependant je n'en connais point dans le département du Tarn ou dans celui de l'Aveyron qui se trouve plus complétement déshéritée de tous les avantages locaux auquel chacune a le droit de prétendre;

Qu'on lui rende ce dont elle se trouve si injustement privée, presque coup sur coup les plus heureux changements s'y opéreront, et nos pauvres femmes s'en ressentiront les premières. C'est cette restitution que je réclame, et c'est là seulement ce qu'ici j'aurais à proposer.

Qu'on veuille bien se souvenir d'abord qu'notre commune, la commune de Cadix est la seule dans son arrondissement qui n'a sur son territoire ou près d'elle aucun chemin vicinal ou d'utilité commune, dont il lui soit possible de profiter. Expliquer pourquoi et comment nous sommes restés isolés et forcés de demeurer stationnaires au milieu du progrès qui se fait plus ou moins sentir autour de nous, ce serait long, inutile, et surtout ennuyeux pour nos lecteurs. Je me bornerai à rappeler que dès l'instant où nous eûmes à élire des députés, des conseillers généraux, des conseillers d'arrondissement et des conseillers municipaux, le chacun pour soi se redressa. Alors on vit à chaque élection surgir dans chaque canton, et jusques dans les plus petites communes une nuée d'intrigants de tout étage qui se démenèrent en faveur du candidat qu'ils préféraient. Ce candidat, afin d'être élu, promettait tout à l'électeur influent, et souvent tenait sa promesse sans trop s'embarrasser si elle blessait la justice ou l'intérêt public. Notre commune qui n'avait pour la défendre, ni député ni membre du conseil général, n'ayant chez elle que des hommes ignorants ou apathiques, et pas une voix qui s'élevât pour la préserver d'être étouffée, écrasée, s'est vu enlever sa première, son unique ressource.

Des personnes influentes dont les intérêts étaient en opposition avec les siens, obtinrent le changement de la ligne d'un chemin vicinal qui avait d'abord été tracé au milieu de notre territoire. Cette première direction donnée à ce chemin comblerait nos souhaits. Les avantages que ce chemin ainsi tracé nous aurait procurés, allaient en fort peu de temps, transformer notre population, lorsque cette voie de communication nous a été enlevée. Des travaux considérables y avaient déjà été faits; ces travaux avaient donné lieu au préjudice des riverains à des dégradations considérables qui sont aujourd'hui à pure perte pour eux. De plus, nos prestations en nature et nos centimes additionnels ont été ainsi inutilement dilapidés, et depuis nous avons été forcés de les employer sur des points hors de notre portée où les difficultés provenant des accidents du terrain empêcheront toujours nos charrettes d'aboutir.

Le moyen le plus désirable pour arriver à notre but, celui dont les résultats seraient aussi prompts que certains, se trouverait dans la réparation de l'injustice que nous venons de signaler, et cette réparation consisterait dans la construction d'un chemin direct viable pour nos chariots, des rives du Tarn à Valence, passant au milieu de notre commune. Celui que l'on construit en ce moment selon la nouvelle direction qui lui a été donnée et son embranchement vers Réquista, Aveyron, qui atteint aux deux extrémités de notre territoire, on peut dire, sans le toucher, ne font que l'effleurer à chacun des deux bouts sur une ligne de quelques mètres. Ce chemin et son embranchement nous sont d'une inutilité absolue, parce que, ainsi que je viens de le dire, il seront toujours inabordables pour nos attelages à cause des escarpements du terrain et des ravins profonds qui leur en défendent l'accès.

Sans la voie de communication que nous ne cesserons de réclamer, la moindre exportation ou importation exposera toujours nos cultivateurs à des lenteurs et à des frais ruineux. Ils ne peuvent tirer aucun parti des productions de leur sol, et certains objets qui leur sont indispensables, qu'il faut faire arriver d'une grande distance sans autre secours que leurs faibles attelages, leur reviendront toujours à des prix exorbitants.

Faute du chemin dont je parle, la chaux, et même le sable qu'on ne peut se procurer qu'à grands frais, sont pour nous hors de prix; aussi nos maisons tombent-elles en ruine. Nous ne pouvons chauler nos terres comme nos voisins, et notre agriculture ne peut s'améliorer.

La voie de communication dont il s'agit, nous ouvrirait les marchés d'Albi et d'Alban où les productions de notre sol trouveraient un débit assuré, nous nous procurerions en échange à bien moins de frais les céréales lorsque nous en éprouvons la rareté; le fer, le sel, la chaux dont nous ne pouvons nous passer, la houille si nécessaire à nos forgerons, nous reviendraient à bien meilleur compte.

La voie de communication dont il s'agit, tirerait notre population de son inertie et de son insouciance, en lui ouvrant des sources de prospérité qui lui sont inconnues; elle lui donnerait accès à l'industrie, et favoriserait chez elle tous les progrès utiles.

Tout se lie; augmenter les relations de nos villageois serait les éclairer, polir leurs mœurs, adoucir leur caractère; ce serait abolir chez eux des préjugés absurdes, et leur substituer des idées saines et des procédés profitables; ce serait remplacer la violence et l'égoïsme par l'aménité et par une mutuelle bienveillance. Enfin, ce serait le moyen le plus assuré et le plus prompt de bannir la misère de notre commune, d'y faire naître l'aisance, et d'en faire disparaître l'ignorance et la grossièreté qui distinguent ses pauvres habitants de ceux des communes plus rapprochés du chef-lieu du canton ou moins isolées. De pareils résultats couperaient le mal dans ses principales racines; et nos malheureux paysans seraient les premiers à ressentir les effets bienfaisants de la mesure que je sollicite.

On ne peut revenir sur le passé, mais l'avenir est disponible; il s'agirait de faire ce qu'on n'a point fait, et de faire tout autrement que par le passé.

Si l'on ne change la direction du chemin vicinal N°6, tel qu'il se trouve de Valence à Alban, à peine ébauché, qui de Valence aux bords du Tarn ne sera guère utile qu'à ses rares riverains, direction absolument fâcheuse pour notre commune, qu'on nous accorde au moins une voie de communication des rives du Tarn à la route départementale N°6, et passant dans notre commune. Que ce chemin soit fait sur la ligne qui serait tracée par un ingénieur, qu'il soit classé par l'autorité compétente comme chemin d'intérêt commun. Dès l'instant où ce chemin serait ouvert, les avantages qu'on en retirerait immédiatement ne manqueraient pas d'exciter les riverains et tous les intéressés à faire des sacrifices pour le succès d'une entreprise qui leur serait si profitable. Il n'est pas douteux que plusieurs communes voisines ne nous prêtassent leur concours, je puis parler de celles de Frayssinet, du Dourn, de Fausserguer &ᶜᵃ.

C'est surtout le concours et l'appui de Monsieur le Préfet du Département du Tarn qu'il nous faut. Nous devons tout attendre de sa justice, de ses lumières, du bienveillant intérêt qu'il porte à tous ses administrés, et surtout de sa sollicitude particulière pour les communes dont les habitants sont pauvres et malheureux par le seul effet de la situation topographique de leur pays.

J'arrive à mon deuxième point.

L'instituteur que notre commune paie depuis vingt ans est l'un des plus incapables de tout le Département, je ne crois pas qu'on le conteste. Il doit son diplôme et sa place, et la faveur d'y avoir été maintenu à ces patrons que la bonté du cœur égare, et qui souvent sans réflexion, sacrifient à leurs protégés les intérêts d'une commune entière.

Nous manquons aussi d'institutrice ; c'est le fait de l'indifférence de nos conseillers municipaux, moins soucieux de l'avenir de leurs enfants que d'éviter un surcroît de dépense de quelques centimes de plus sur leurs contributions. Cependant l'ignorance de nos villageois est ainsi qu'on l'a dit plus haut, une des principales causes du mal dont nous cherchons le remède ; mais cette ignorance ne peut disparaître que fort lentement. Les nouvelles relations qu'un chemin d'utilité commune ne manquerait pas d'établir, en éclairant les masses, ne saurait donner aux enfants l'instruction primaire, ni ces notions élémentaires de l'honnêteté qui doivent précéder leur entrée dans la vie sociale. Il faut donc à nos petits paysans un bon instituteur et une bonne institutrice. Sur ce point l'administration ne saurait être trop vigilante. Les pères et les mères ont sans doute le droit de vouloir chez les instituteurs et chez les institutrices, en fait de moralité et de capacité, tout ce que la loi en exige le plus rigoureusement.

Je ferai observer qu'une seule institutrice ne saurait suffire dans une commune dont le circuit est de trois à quatre lieues, et qui se trouve formée d'une réunion de petits villages ou hameaux éloignés les uns des autres. De chacune de ces deux extrémités opposées il y a une heure de chemin pour arriver à l'église de Cadix dont la commune porte le nom. On conçoit qu'une petite fille, eût-elle douze ou quinze ans, ne peut dans nos montagnes parcourir plusieurs fois tous les jours, une grande distance pour se rendre à l'école ou s'en retourner chez elle. Ainsi trois institutrices nous seraient nécessaires, une pour chacune des sections qui naguère formaient trois communes, et sont aujourd'hui réunies en une seule.

On n'aurait qu'à admettre l'instituteur actuel à faire valoir ses droits à la retraite, et à le remplacer par un homme capable, qui par ses leçons et par son exemple put amoindrir la grossièreté native de nos petits paysans, adoucir et polir leurs habitudes. De plus, sur 25 ou 30 sœurs de Ste Agnès que nous possédons on devrait engager au moins trois d'entre elles à subir les examens nécessaires, et à se faire agréer pour institutrices. L'esprit de charité inhérent à leur profession religieuse porterait les plus jeunes d'entre elles à se vouer à l'enseignement de leurs petites voisines, et se contenter de la plus légère rétribution.

Nous dirons enfin que notre commune a toujours été privée d'une sage femme instruite, expérimentée ; que celles de nos femmes en couches qui étaient dans l'indigence, ont souvent manqué de secours et des objets les plus nécessaires ; l'accoucheuse brevetée la plus près de notre commune habite sur l'autre rive du Tarn. On dirait que son éloignement et une grande rivière conjurent avec l'avarice de nos paysans contre leurs pauvres femmes dans les douleurs de l'enfantement, et contre l'innocente créature que la sordidité et l'impéritie semblent re... ... ... du monde quand Dieu l'appelle à la vie.

On peut encore ici accuser nos villageois d'une apathie et d'une insouciance dont les effets sont déplorables. Je forme donc le vœu de voir une sage-femme brevetée établie dans la commune de Cadix. Par brevetée j'entends ... ... celles qui ont appris leur profession, qui la savent et sont légalement admises à l'exercer. Cette accoucheuse devrait habiter notre commune afin d'être toujours à portée de nos paysannes qui auraient à réclamer les secours de son art. Je voudrais de plus que pour les soins qu'elle aurait à donner aux femmes indigentes, elle fut salariée des deniers communaux. Vu le petit nombre de nos naissances, cette dépense serait fort modique.

Que le conseil municipal fasse choix d'une jeune femme qui réunisse à l'intelligence toutes les qualités que l'on exige pour faire une bonne accoucheuse ; et qu'il soit pris les mesures nécessaires pour la faire admettre au nombre des élèves sages-femmes au chef-lieu du départ.

une jeune paysanne sachant lire et écrire pourrait être difficile à trouver dans la commune de Cadix, mais de jour en jour il peut nous en arriver. Nos jeunes hommes vont parfois chercher une épouse ailleurs, et l'instruction des jeunes filles progresse partout excepté dans nos hameaux.

Comme les bienfaits que répand la société de charité maternelle ne s'étendent pas jusqu'à notre pauvre commune fort éloignée des villes, il faudrait bien aussi qu'il y fût pourvu au prompt soulagement des femmes indigentes en mal d'enfant, et aux soins qu'elles et leurs nouveaux nés exigent. Ces secours et ces soins ne peuvent provenir dans nos campagnes que de la bienfaisance et de la pieuse sollicitude des personnes charitables. Je proposerai donc de réveiller cette sollicitude chez ces êtres privilégiés, et d'exciter leurs prévisions bienfaisantes afin qu'aucune de nos pauvres femmes arrivée au terme de sa grossesse, ne se trouvât jamais, au moment de la crise, dépourvue des choses qui lui sont le plus nécessaires, ni privée des secours prompts ou des soins que son état exige. Une association dans ce but créée dans notre commune même, me semblerait désirable.

On rencontre dans toutes les paroisses des femmes qui se livrent avec une ferveur particulière à des œuvres de piété, et à des actes d'une ardente charité; ces excellentes personnes en s'adjoignant des Sœurs de Ste Agnès, pourraient former cette association qui n'oublierait pas non plus le nouveau-né, ni les enfants de la malade qui seraient en bas âge; elle pourvoirait à leurs besoins, et leur assurerait les soins indispensables jusqu'au moment où leur mère pourrait reprendre ses travaux habituels.

Pour subvenir à ces dépenses l'association ferait faire par ses membres des quêtes ad hoc. Leur appel aux personnes les plus charitables et les plus aisées obtiendrait de quoi fournir à tous les besoins de nos femmes indigentes en couches, à ceux de leurs nouveaux-nés et de leurs autres petits enfants; pendant la durée de la gésine de leur mère. Nos pieuses associées, s'il en était besoin, donneraient elles-mêmes, tour-à-tour leur soin à l'accouchée et à sa famille. Quelle que soit la pauvreté du pays et de l'égoïsme de la plupart de ses habitants, il en est bien peu qui dans ces circonstances ne tendissent une main secourable.

Je dois espérer de voir cette idée accueillie par les deux vénérables curés qui se partagent notre commune. Leur influence sur les femmes pieuses et sur les sœurs de Ste Agnès de leur paroisse respective, porte à croire qu'ils les détermineraient aisément à mettre en œuvre ce que je viens de proposer.

J'ai esquissé les mœurs de la population agricole de nos montagnes en même temps que j'ai dépeint la triste situation de nos paysannes.

La principale cause du malheur de ces bonnes femmes me semble se trouver dans un reste de vieille barbarie qu'il est encore aisé de reconnaître. En réfléchissant sur les moyens de le faire disparaître, j'ai longtemps observé la commune que j'habite qui m'é parait un vrai type. Beaucoup d'autres lui ressemblent, en approchent plus ou moins; la civilisation pourrait être tout aussi retardée chez quelques unes, mais je n'en connais pas où les progrès utiles soient plus arriérés.

Je me suis convaincu que le meilleur antidote contre ce qui lui reste de rusticité, et contre ce qu'il y a chez elle de misère et de douleurs, serait la stricte et impartiale exécution de nos lois qui ont tout prévu et parent à tout; soit qu'elles commandent ou prohibent, soit qu'elles protégent. Les bonnes lois fidèlement obéies adoucissent et changent insensiblement les mœurs et le caractère des populations.

Si nos codes administratifs ou municipaux avaient reçu une meilleure exécution dans notre commune, elle jouirait des priviléges et avantages départis à toutes, et qui sont pour elle un droit essentiel, imprescriptible, sur lequel on n'a pu transiger. Ainsi notre commune de Cadix ne se verrait point privée d'un chemin par où sa misère et sa pauvreté auraient peu à peu disparu pour faire place à l'aisance et à la richesse qui lui seraient arrivées insensiblement, parceque cette voie de communication aurait donné à sa population une activité progressive.

En second lieu, elle aurait depuis longtemps un instituteur capable et des institutrices qui secondant les vues paternelles du gouvernement auraient instruit, moralisé, civilisé notre jeunesse.

Enfin, notre commune aurait chez elle une sage-femme sachant son métier, et des secours à domicile pour les femmes indigentes en couches y seraient organisés.

Que la commune de Cadix soit réintégrée dans ses droits; qu'elle puisse profiter des avantages que je viens de spécifier et que la loi lui accorde!

Tel est le plus ardent de nos vœux pour elle, et l'objet de nos réclamations les plus pressantes, parceque l'existence actuelle de sa population et son avenir en dépendent entièrement.

Puisse ma faible voix avoir de l'écho! Elle en trouvera, n'en doutons pas, dans le cœur de Monsieur le Préfet de notre département dont le bienveillant intérêt se portera toujours particulièrement sur les communes les plus pauvres, sur ces communes que leur position topographique isole en quelque sorte, et dont les habitants sont plus malheureux par l'effet de l'ingratitude de leur sol et de leur isolement. Nous devons tout attendre de sa justice et de ses lumières.